当我成为一个男人的妻子

雪松 著

生活·讀書·新知 三联书店 生活書店出版有限公司

图书在版编目（CIP）数据

当我成为一个男人的妻子 / 雪松著. — 北京：生活书店出版有限公司，2016.10
ISBN 978-7-80768-078-9

I. ①当… II. ①雪… III. ①散文集－中国－当代 IV. ① I267

中国版本图书馆 CIP 数据核字（2016）第 205978 号

策 划 人　李　娟
特约编辑　碧　英
责任编辑　李　娟　叶敏娟
封面设计　视觉共振设计工作室
版式设计　申亚文化
责任印制　常宁强
出版发行　**生活書店出版有限公司**
（北京市东城区美术馆东街22号）
邮　　编　100010
经　　销　新华书店
印　　刷　北京顶佳世纪印刷有限公司
版　　次　2016年10月北京第1版
2016年10月北京第1次印刷
开　　本　787毫米×1092毫米　1/32　印张7.5
字　　数　100千字
印　　数　00,001-10,000册
定　　价　38.00元
（印装查询：010-64052612；邮购查询：010-84010542）

我始终觉得

女人这辈子能守住一个男人是一种美，

而能活进一个男人的心里是一种境界。

走过千山万水，去实现我对婚姻最完美的梦，

那就是从一而终。

我所做的只是管好我自己。

代　序

我收获的是爱与信任

我们活在一个浮躁的时代。我们迷恋成功，忽略平凡；我们追逐大人物，忽视小角色；我们耽于热闹，遗失宁静；我们热衷于物质财富的累积，放弃精神世界的建构……

在过去的二十年里，我过着一个主妇最平常的家居生活，但是我固执地以为，我活在生活的“本质”里。我用我的方式构筑我的世界，一个社会最基本的组成单位——家的世界。我也认为我正在用我的方式倾听理想社会的足音——和谐。我还自以为是地认为，我为这个世界所能做出的最大贡献，便是“一个家的和谐”。对我而言，最大的人生收获，莫过于家人之间的爱与信任。

阅读和写作是我最重要的生活乐趣，阅读让我作为全职主妇的生活没有背离这个时代太远，写作让我从一个主妇的视角关注并思考社会，更重要的是家庭生活的方方面面。而写信是我和家人沟通最有效的方式，它让我们超越了物理距离，活在彼此的心里。

在我还很年轻的时候，我便从父辈的生活中领悟到，婚姻绝对不是简单的两个个体的结合，它是两种陌生的社会关系的综合。当复杂的家人关系蛛丝般密集地交织在一起，我们只有条分缕析地将其整理出来，才可能抓住生活中每一个阶段最主要的矛盾，然后耐心和智慧地给予解决，我以为这正是婚姻的经营之道。

我曾异常安于我自得其乐的生命方式，直到2010年5月，我大病一场。愈后，我最重要的一项决定便是将自己的人生经验尽快交付出来，和更多的人分享。哪怕这只是一滴水的分量，也算是我对这个社会的点滴贡献吧。

这本书较全面地呈现了我对女性角色的思考、作为一个主妇的自我价值所在、处理家务事上的细小智慧，以及我对爱和婚姻的理解。

书中也收录了一部分我写给先生的信。在给

先生的信里，我事无巨细地谈论家庭琐事，也谈论自己的感受，或者干脆就是一部新影片的简介、一本新书的介绍。这些信件建立了我们夫妻之间特有的一种生活情趣，我享受写信的唠唠叨叨过程，而先生也耐着性子欣赏我的小情小调。

我们疏于表达情感，但通过信的方式，我随心所欲地表达自己的喜怒哀乐。先生当然没有时间写信，但他用电话和我探讨信里提到的诸般事宜。我从来不追究他的表达方式，我只沉浸于自我表达的乐趣里。

事实上，正是这些信件密切了我们的夫妻关系，希望它也能给予更多夫妻以启发，助他们找到夫妻之间的相处之道。婚姻将男女重新组合为生命的整体，我们没有理由用伤害对方的方式伤害自己，所以，我尽我所能地向我先生敞开自己，我收获的是爱与信任。

目 录

贰　我所理解的婚姻　49

当我静下心来开始整理我们的生活，我才蓦然发现，其实所有的混乱都是我的心态使然。我为什么不好好享受他能给我的那部分，而非穷追不舍他不能给甚至没能力给的那部分人生呢？如此想，便豁然开朗。

叁　我们的日子　97

在我日积月累的情感体验中，对浪漫的理解，竟变得愈来愈浅显直白。男女共济的日子，如果能达到双方共同的身心放松，足矣。如果所谓的浪漫仍必须以某一方的不懈努力为代价，那或许得不偿失。

壹

我得到了
我最想要的生活

我庆幸，

我是那个“妈妈指东我偏往西”的少女，

自始至终完好保存着一份青春期的执拗。

我只听凭我内心某种声音的引领，

有时，未免执着过头，

但终究，我得到了我最想要的一种生活。

女人的角色

我是女人，是女儿是姊妹是妻子是母亲，是儿媳是小姑子是大姑子，还是小姐和大姐……

女人的一生自觉不自觉地扮演着如此之多和男人截然不同的角色，每一种有每一种的标准，每一种有每一种的要领，每一种有每一种的价值。

我是女人，但我确认在过往的若干年里，我从未如此平心静气地渴望反省自身在诸多角色中的定位。的确有相当长的一段路是在懵懂中走过来的。尽管人们仍无可非议地继续赋予我以上诸多称谓，但在他们的眼里和心里，我究竟做得怎样，一定另当别论。

我们的一生注定为角色缠身。

诚然，在诸多的角色中，有一部分是命中注定的，但仍有相当重要的部分选择权在我们自己手中，而一个女人一生的幸或不幸，又往往取决于这后半部分。

这中间，我尤为在意的是，妻子和母亲的角色。

生命法则安排我们在成年后谈婚论嫁，这绝对不无道理。它示意我们理性地寻求终身伴侣，而抛弃一般意义上的生物本能。生儿育女更要放在其后，一切就绪，再考虑绵延后代的问题，看起来妥帖而又周到。

可是，并非所有女人在完成这两种角色时，都能心明眼亮。事实上，盲目地处理这两件终身大事的女人，确占绝大多数。

我是女人，我深知没有什么比这两件事更能彰显我们感性的特质了。我们喜欢说，婚姻就是一场赌博。最初的盲目，往往铸就大错，随之而来的生儿育女，便是错上加错。而在这两件事上，女人是最讨厌说服教育的，我们一意孤行，以至于抱恨终身。

我是过来人，走过的路未免伤痕累累。顾左右，亲朋好友也各个饱经沧桑。一味地指责，无济于事，觉醒才是必然。一切不期然，似乎都成了不自知的后果，女性的“自我意识”必须在青春期就得到足够的重视，然后所有角色才可一一就位。

我因此而认定女性角色教育的必要性。忽略它就是敷衍了最为重要的社会责任和生存品质。要知道，尽管女人在两性关系中不应自大，但理应受到足够重视的根源还在于，我们的生育能力。

除非有一天，科学真正发达到了无须妊娠和哺乳，女人或许才可姑息自己。

在通往理性的道路上

我反复在想“自我意识”一词，说白了，无非是自己对自己的了解和认识。在我们成长的过程中，谁在帮助我们完成这个教育？家庭，学校，还是社会？似乎都有，又不尽然。

而今，我们生存的社会环境，给予成长中的少男少女们独立思考的机会越来越少。少女们更容易沉浸在冗长的“肥皂剧”中，做不切实际的白日梦。她们喜欢将自己想象成某一时尚的偶像，而不顾自己和偶像间的十万八千里距离。她们自顾自地梦下去，结果可想而知。现实的残酷，梦想的破灭，带给女人的往往是一生剪不断理还乱的悲剧情结。

外人的指导可望而不可即。父母忙于生计，正焦头烂额；学校老师面对芸芸众“生”，亦难免顾此失彼；社会呢，有时不给树立负面典型就算不错了。

女性“自我意识”的完成就真的无计可施了吗？

就我个人成长的经验教训而言，我看重培养良好的阅读习惯，以及对知识的广泛兴趣，它既有利于自我意识的形成，又有助于我们找到情感教育的良好范本。

经典人文著作的深刻性远远超越其他媒介，而作者本身就是凭借思维的优势把握社会环境和自身阅历的。它往往更切中我们的要害，更有利于我们去发掘生活的真谛，更有益于我们从中找寻“自我”。

当我看到年轻的女孩子靠着逛街、吃零食、追求时髦来打发大好光阴时，我不禁有悲凉之感，因此而不迷恋青春。青春所给予我的，除了娇嫩一些的皮肤、苗条一些的身材外，似乎就只有滑稽可笑的幼稚和顾影自怜的苦闷了。

有益的阅读，是我们得以摆脱这一阶段“稀里糊涂”的最好办法。阅读中所汲取的养分，对发掘我们内心的情感，并塑造健全的人格，意义非常。

对于书籍中的人物崇拜，往往和影视剧中的不尽相同，它为阅读者提供了再创造的自由空间。而这再创造后的人物，多多少少带着“自我”的身影，于是从认识“她”开始，认识了自己。

阅读后的回味，就可称为最初的反省过程。我们女性最本能的感性特质，就在这一“反刍”中得以锤炼，理性的品质油然而生，它意味着智慧、果敢与善良。

我是女人，至今仍不能算作完全成熟的女人。但我相信，在通往理性的道路上，我已经走过了一片荆棘。所以，我愿意给后来人一点儿感悟。同命相连，总是最值得体恤的关切吧。

人应该有自己的活法

我不是有成就的女人，但我很幸福。这幸福源自于一种知足，一种知足后在知识上的乐观进取。而知足是和不高的物质欲望密不可分的。尽管有人会说："你真是站着说话不腰疼。"言外之意，一定是说我其实很富有。可是要知道，我婚姻生活的大半光景几乎都是在先生创业的窘境中度过的，我没有运气好到坐享其成。

我敬仰功成名就的女性，但我并不刻意要求自己踏着她们的足迹前行。我在很年轻的时候，就深信人应该有自己的活法，这点基于不同经历、不同环境所造就的人的不同愿望。只有实现自己最渴望实现的生活方式，我们才可能获得快乐。

我深深地庆幸自己生存的时代，它给我们创造了选择的空间和自由，于是，我们尽可以逃脱长辈们刻板的生存模式，进可退可，攻可守可。

我是一个异常重视人生理想的女人，尽管这理想不一定高远。我喜欢同每一个要好的女伴探讨我的理想。人们往往以为女人这把年纪了还谈什么理想，实在是太喜欢高谈阔论了。

我却不这样想。人的一生，说起来也是一个漫长的过程。日子一天天琐碎地度过，腻烦定是自然而然。能将生活真正丰富起来的，那必定是理想。它意味着最有价值的生存目标，或大或小，或平凡或非凡，或脱俗或平常。

就我所了解的女性朋友而言，她们大多也渴望与众不同的生活，理想和憧憬也曾充满罗曼蒂克色彩。不幸的是，她们往往和现实挣扎了一番后，未能驾驭现实，却终被世俗所驾驭。

为了结婚而结婚，为了生育而生育，一切目标都仅仅是事件本身，实现起来难度虽然减小了，随之而来的质量也就打了折扣。

就我个人的理想而言，的确算不上宏伟和高远。我仅期望做一个好妻子和一个好母亲，并乘一切可乘之机，学习自己渴望已久的知识。

单就好妻子和好母亲这两个最基本的人生目标而言，仍存在着大可值得追求的方式方法。它和思索反省，和努力勤奋，和聪明才智都密不可分，真正的人生乐趣也是由此而来的。

我和闺密的两种人生

我中学时代的一个女同学，和我走的是完全不同的人生路径。如果将女人的一生截然划分为婚前和婚后两个阶段，那婚前阶段，她是我的偶像，婚后阶段我成了她的楷模。

她是那种聪明绝顶的女生，学校课程门门优秀，所向无敌，更令我仰慕的是，她可以整个暑假泡在游泳馆里，一开学还能全年级拿第一。当她坐在家里跟着电视机突飞猛进地学习《走遍美国》时，我正沉浸在我家的厨房里，一手拿着菜谱，一手和面，自学一种酥饼的烙法。她父亲是小有成就的工程师，当她父亲耐心地帮她讲解数学题时，我父亲也在谆谆地教导我女人的持家之道。当她进入省重点为考大学头悬梁锥刺股时，我正和幼儿园里的一群小孩子绕着园里的一棵白杨树疯跑……

等我们相继交上了男朋友，她热衷于和他旅行、运动、参与各种时尚活动，而我沉浸在给他洗衣服做好吃的外加写诗表达情感上；婚后，我本着嫁鸡随鸡嫁狗随狗的为妇之道，随着我先生南来北往、颠颠簸簸的时候，我的女同学已经潇洒地离异，远渡重洋追求她的人生理想去了。

当我如愿以偿地成为家庭主妇，为一家人的吃喝拉撒绞尽脑汁时，我的女同学已经学成归国成为外企的女高管，痛快淋漓地交男朋友谈恋爱呢。后来，当我的儿子已经快小学毕业了，她的孩子才刚刚出生，再后来，我正忙于帮助儿子准备中考，传来不幸的消息，她和第二任丈夫离异，自己带着孩子艰辛度日。

我们始终都不是闺密，因为婚前我一直“须仰视”才可见她的高度。可是四十岁以后，我们成为无话不说的朋友，她向我道尽苦水。我竭尽自己所能帮助她驱散不幸婚姻带来的阴霾。她换了一个人似的向我虚心求教教子之道、为妇之道。当她再次走进婚姻，毅然决然地辞去了家里的阿姨，一头扎进厨房，从切土豆丝开始学起。我不确定而今的她是否真正收获了幸福，但每每和她见面交谈过后，我的内心都会无限感慨。酸甜苦辣的确构成了我们宝贵的生命财富，可是如果我们能够在成长的过程中稍事倾注一番心血，掌握为女人的基本生存之道，我相信我的女友不会经历那些不必要的痛。

我并非认为我走过的这样一条道路值得别人效仿，事实上，我很小心翼翼地告诫我的闺中密友，这条路径或许对她们而言根本不合适。但我相信绝大部分女人渴望一个圆满的家庭生活，尤其当我们为人母之后，我们本能地渴望我们的孩子快乐健康，而幸福的家庭和快乐的孩子，需要妻子和母亲们基本的责任感和生存技能作为保障。一个女孩子如果在成长过程中沐浴过女性角色教育的阳光雨露，抑或她幸运地拥有榜样值得效仿，属于她的那部分家庭生活势必会相对完满。所以，我想反复强调这件事的重要性。

我得到了我最想要的一种生活

我的朋友们认定我正遭遇不幸。她们以为我和先生天各一方，必承受相思之苦，况且当今社会男女之情岌岌可危，我必终日惴惴不安。

她们还为我的“不思进取”而忧心忡忡。在外人眼里，我原本是一个争强好胜的人，而今却沦为家庭妇女，真是“自甘堕落”。她们还对我衣着随便、不施粉黛横加指责。总之，她们认定了我因不幸而失去了对生活的全部兴致，正饱受煎熬。

可是，她们并没有想到，我正兴致勃勃地重新品味独居的自由和美妙。当我踏踏实实地回到家里，回到阔别已久的书本中，我才真正意识到自己原本还保存着一颗纯真的心。

师长们期待我成为事业有成的人，可我知道他们眼中的事业，并不足以带给我快乐。我一而再、再而三地发现，快乐之于我的诱惑远远胜于成就，快乐的成就和成就的快乐，在我眼里具有本质的不同。我相信在快乐中追求成就比在成就中寻找快乐更让我心安理得，哪怕那心安理得的成就变得微不足道。

我决意放弃一切可能带给我成就的职业，选择了真正令我快乐的事情。当我留在家里，一边陪伴我的孩子成长，一边潜心读书时，我的心情豁然开朗。今生今世，或许我一无所成，可是我却和我的孩子一起度过了一段无与伦比的美好时光。

我过着不能没有钱的生活，但也一定不为钱而活。我用金钱支撑简单的生活，而并非华丽的外壳。其意外的收获是，我成了我自己真正的主人。

回首少年时光，我们赖以成长的环境，在刻意将我们约束为好孩子的模样。我们已经习惯于接受他人给予的人生目标，这目标接踵而至，光鲜亮丽，不是“功成”便是“名就”。

我庆幸，我是那个“妈妈指东我偏往西”的少女，自始至终完好保存着一份青春期的执拗。我只听凭我内心某种声音的引领，有时，未免执着过头，但终究，我得到了我最想要的一种生活。

我不想反过来，像我朋友们认定我不幸那样认定其实她们不幸，因为我的幸运确是源于我的“不幸”。所以，还是套上那句老话：“幸福是穿在脚上的鞋。”个中滋味，唯有自己心知肚明。

重要的是我们怎样做家庭主妇

每一次，我在必要填写的表格中，必要填写的职业一栏，迅速填上“家庭主妇”的字样时，都会招致一些奇异的目光，说不清那眼神里的内容，但我不以为然。

我常常因此而想起西蒙娜·波伏娃的一段关于家庭妇女的不堪描述：“几乎没有什么工作能比永远重复的家务劳动更像西绪弗斯所受的折磨了：干净的东西变脏，脏的东西又被搞干净，周而复始，日复一日。家庭主妇在原地踏步中消耗自己：她没有任何进展，永远只是在维持现状。……与灰尘和污物的斗争绝不会取得胜利。”

她还认为，只满足于做家务、带孩子，那么女人身上就有许多东西在丧失，只有职业能够帮助妇女，迫使妇女参与外部世界的事务。而她历尽一生的努力，试图成为水深火热中广大妇女的楷模。她拒绝婚姻，拒绝生育，拒绝一切传统妇女的角色。

她最终令我无限钦佩的同时，也使我多少有些不寒而栗。

就像巴尔扎克疑虑的那样：“如果所有女性都变成了乔治·桑，那么这个世界将变成什么样子？”

波伏娃只是波伏娃，她的一生，只能成为整个妇女阶层的杰出“分子”，“分母们”不是无动于衷，只是全部设计对她们来说并非切实可行。

我们必须和灰尘做不懈的斗争，否则这危及家人的健康；我们必须和枯燥乏味做斗争，因为我们所身系的并非我们自己的喜怒哀乐。作为哲学家，波伏娃可以把一切都做形而上的思考，唯独在女性的自然使命中忽略了责任。

我一直都不喜欢“职业”一词，它过于刻板，过于社会化，特别当人们抱怨自己怀才不遇的时候。我更喜欢“责任”，它往往意味着我们与生俱来的使命，诸如男人养家糊口，女人生儿育女。

尽管在今天这个人口爆炸的时代，拒绝生育同样是为人类谋幸福的壮烈之举，但较之提高人类的总体素质，高质量地绵延种系，她还是有些“另类”吧。

做不做家庭主妇，这不重要。重要的是我们怎样做家庭主妇。我们有能力合理利用男人赚来的物质财富，保证家人的健康和儿女高质量的成长，谁又能否认这不是另一种财富的创造及社会贡献呢？

自由之身，自由之心，自由之人

一直以来，我有一种错觉，好像妇女解放的鼓动者总是扯着她们同类的脖子，将其由厨房硬往大街上拽，不管她们是否仍双手沾满油渍，亦不管她们是否正满心对家务事的忧虑，就那么不容分说地将女人们排列在大街上示众。那态度生硬得让我忍无可忍，好像唯有“人多”，“力量”才大，才更能使其对所谓异性的挑战具有说服力。

我曾是被生拉硬拽的对象，猝不及防中，蓬头垢面，邋里邋遢，在队伍中尤显狼狈。情急之下，我居然敢冒姐妹们的“大不韪”，择路而逃。游刃于厨房、卧室与客厅之间，才显得轻松自如，心内无限期待着一大一小两个男人予我的满心欢喜。有时，竟流露出劳苦功高的自傲。他们的就是我的。这端的毫无道理，却又入情入理。我愧对那些欲救我于“水深火热”的姊妹，我实在是无可救药地自绝于“解放”。

事实上，我相信，“解放”们亦并非真的要舍弃丈夫、孩子和厨房，只不过她们更有勇气和胆略去和男人“平分秋色”。对此，我抱欣赏的态度，却并不勉强自己。实在是我渴望由着性子地去过属于自己的短暂人生。

当有女人毅然决然地说“我应该留在家里，我喜欢留在家里，我有条件留在家里”，她就有权利留在家里，这不也是一种解放?

我并不成熟地认为，女人寻求解放的形式还在其次，重要的是心态。你保有了平和、自然、满足的心态，你就已经是自由之身、自由之心、自由之人了。

与我同龄的女伴中，有在仕途上追求飞黄腾达的；有沉湎于学术研究，以求丰硕成果的；也有安于相夫教子，以求一家人平安度日的。她们一样可爱，一样聪慧，只要日子是她们自己想要的，她们就是殷实而幸福的。

我又想起“女人如花”。我想象那些适于凛冽气候的，就任其傲然于寒冬；那些喜温婉和煦的，就任其摇曳于春风；那仅能耽于温室的，就由着她享受呵护……何必全都呼号着暴晒于光天化日呢!

女人的心愿

在我看来，爱情绝不能构成女人的全部。至于《坎特伯雷故事集》里的王后之所以满意了武士的答复，同样认为“女人的心愿就是有人爱她”，那也只能说明王后的个人水平。

而我所想到的，首先是女人在追求爱情时的胃口究竟有多大，其次是得到了爱情之后，我们又该干点儿什么。在这里，如果不解决第一个问题，似乎无从探讨第二个。

女人寻求被爱的满足感，不是也不应该是无限度的。这里当然存在相当巨大的个体差异。它导致有些女人一生都没有被男人好好爱过，却也没寻死觅活；而另一些女人，本来被人家当宝贝似的供着，却仍可能身在福中不知福地惹是生非。

当然，这两者之间的大多数女人选择了有节制的爱和被爱，无论满意与否，她们均摆出一副懒得再去追究的架势，认同了命运的安排。

在这里，认命的态度未必不是聪明之举。而在感情上认命之后，在智力上也开始随波逐流，就有些欠妥。

这就涉及我们所面临的第二个问题。当我们已经清楚了自己的水平不能与王后的追求旗鼓相当时，我们平民女人究竟该干点儿什么？

我个人认为知识和智慧上的追求，是值得所有女人拿出一番心思的，追求理性的生存应该不是男人的专利。女人放弃用脑子思维，而习惯用嘴巴和动作生存，其下场很可能成为男人组装的一部随叫随到的机器。

我们需要知识，需要一切最朴素的人生智慧。彻底摆脱“王后的心愿”，我们一下子明白了男人的世界。当更多的事实真相大白以后，我们活着的普遍愿望就是珍爱自己。

所以，我对“学习学习再学习”真正意义的理解是，当我将“王后的心愿”放下，知识和智慧是值得我一生上求下索的。

深邃的幸福

已婚妇女仍能保持对学习的热情，在我看来，不太容易，也难能可贵。至于我们在百忙之中究竟应该学点儿什么，这似乎是最为重要的。

我认为任何学习的最终目的都应是引领我们更接近幸福的生活。学习最实际的用途是，它可以从根本上让我们摆脱不必要的麻烦。

一位已婚妇女所面临的最大麻烦莫过于对孩子的教养了。这需要我们从孕育前就领会科学的育儿态度和正确的育儿方法。而这一切源于学习。

我因专业的便利，在非常年轻的时候，就开始理解儿童的工作。我创办过自己的幼儿园，我面对过上百个儿童，在教育他们的过程中，我才真正懂得了理论之于实际的重要意义。那是一段艰辛的岁月，它真正的艰辛之处在于我蓦然发现自己对理论的领悟远远不够，而纯粹的经验并不足以让我引领我幼儿园的师生达到更高的境地。

所以，当我关闭了自己的幼儿园，准备一心一意地养育一个孩子之前，我重新开始埋头学习。这种关于儿童教养方面的潜心学习，使我最为受益的是，我的孩子很少麻烦我。我从书本上得到的知识较之从母辈因袭下来的经验，更能起到有的放矢的作用。

而更为意外的惊喜是，当我领悟了教育的真谛之后，教养孩子在我就成为一件轻松愉快的事情，而孩子给予我的乐趣由最初的天伦之乐一跃为成就感。我因此而享受到更为深邃的幸福。

我也因此而认定，一位育龄妇女把握未来的真正动机应该在于你要培养一个怎样的孩子，而在此动机的驱使下，我们至少要仔细钻研两类书籍：一类是关于养育的，一类是关于教育的。前者能教会你让孩子吃什么，后者则教会你让孩子做什么。

在这两类书籍的学习过程中，我们真正要做的，还是“破旧立新”的工作。“破”的是我们耳闻目睹的不良经验，它看似无所谓，却具有相当强大的支配力量，往往无形中就左右了我们的言行。而“立”起来的，是我们要用今天的耳目去理解孩子，建立起和孩子最有效的沟通渠道。这几乎需要母亲在孕育前就做好“热身”。

在学习的过程中，建立一种理解孩子的思维方法是我们追求的最高境界，其次是我们不压抑甚至扼杀孩子的天性。

有一个称心如意的孩子，是女人心愿（为人妻）之后的心愿（为人母）。它有时弥补了第一个心愿未遂后的全部不足，但它更可能令破碎的心加倍地凄凉。而我的体会是，拿起学习的武器，它为我们提供了实现理想的最大可能。

享受家务

在家务事上，我不企图有人来大包大揽，更不奢望有一天我先生良心发现后能伸一把手。我自以为是地认为，在我和我先生这种组合之下，我远比他具备料理家务的才能。而我的这种才能，也使得我轻易不能放心将所有事情交给他人来做。

我承认，家务事的确消耗了我相当的体力和精力。如果用这些体力和精力做一些更有意义的事情，没准我能成就一番大事业，但我终究是纠缠在家务事里，无法自拔了。更加不可救药的是，我竟然乐在其中。

在长期的家务劳动中，我再一次认识到学习的重要性。不管别人怎么想，我深信，家务劳动是一项技能性非常强的工作，高超的技能意味着提高劳动效率的同时又能减轻劳动强度。

我还深信，对“过来人”的细心观察和虚心请教，在此可以发挥绝妙的作用。

我终于学会了在煮饭的同时清扫厨房；学会了将洗衣和擦地交替进行；还让洗衣机转着，火着着，手里拿着抹布到处转悠着，而一边做家务一边听音乐是我意想不到的额外享受……

我渴望有更多时间做更有意义的事情，如陪伴孩子和读书。多亏我从小就知道“时间是海绵里的水”，否则我不会有挤呀挤的念头。我更感激我的父母，他们在我还是小女孩时就培养了我基本的劳动信念和劳动习惯。

今天，我虽然尽着主妇的全责，事实上，我在我个人兴趣上消耗掉大把的时光，其中就包括写作。

我不想说，做好家务是女人的美好心愿，但我知道所有健康人都期望生活在一个整洁美好的环境里，而那环境又恰恰出自于我们的精心设计和劳作。这个心愿即便是不情不愿，也该是妙不可言的吧。

锅碗瓢盆交响曲

日子，洗碗水一般地被倒掉了，还有些残羹剩菜，像我们残缺不全的记忆。记忆中，主妇的脸被卡通化的锅碗瓢盆簇拥着，相得益彰；主妇的手，在有洗洁精无洗洁精的水中娴熟地舞蹈。

如果我们这辈子注定了要与锅碗瓢盆为伍，没有任何挣扎的余地和争辩的借口，我们也只有就范。一旦命定般地成为厨房中人，心不甘情不愿，只会加重悲剧色彩。

乐观地想，一件事如果注定必耗我们每一天中的相当时光，就绝对堪称我们人生的大事。想想看，买菜做饭刷锅洗碗，无不是我们生存的最基本保障，事情再烦，多少也都说得过去了。

越琐碎的事情越要站在较高的角度去认识，我们才不至于越想就越想不通，越想不通就越要想，想着想着，日子就有打熬不住的危险。一直以来，我这样认识问题，日子便顺顺利利地过来了，不至于一时想不通就拿锅碗瓢盆出气。

事实上，而今我实在不愿委屈了我沉默着的、朝夕共处的锅碗瓢盆。我想着它们终日在我的手上翻来覆去，任由我摆弄地一概温顺，想到它们精精巧巧地待在我要它们待着的地方，从不与我吵吵嚷嚷，我就知道，它们已经是我最好的朋友了。

我也常常坐在我温暖的厨房里，在等一壶水开、一锅饭熟的当口儿，双眼迷离地想：我此时有意义有价值可言吗？我想到此刻这世界的若干角落，正发生着若干意义非凡的变化：最新一种生化物质被发现，崭新技术在发明，新生儿呱呱坠地……

而此刻的我，孤独地坐在厨房的角落，等待一阵急促的蒸汽由壶嘴儿喷薄而出，或电饭煲一声轻巧的跳闸声。目视着熟悉的锅碗瓢盆，心中也会荡起一缕惆怅。

这情绪多半只能持续到一家人团聚在餐桌前，看着家人兴致勃勃的吃相，一颗心重又安定下来。既然这一生注定我与大喜悦无缘，就安于这份小欢喜吧。

人这辈子，不怕做不上大人物，怕的是不安于小角色。主妇集小角色于一身，进入其中，便身不由己。锅碗瓢盆，事无巨细要你操心到位。攀登高峰虽难，却可一路上去，每一段有每一段的大惊奇大欢喜。小丘虽易，要你无数次地重复跳跃，体能还是其次，重要的是战胜无限度的厌倦，实在要拿出充足的勇气加耐力。

我每想象自己正在锅碗瓢盆堆砌的小丘上蹿蹦跳跃，一次次战胜不耐，心中便生无限的自满。

我们并不真正懂得自由的含义

在我们这一代人所受的教育中，“自由”是一个伟大的字眼儿。它似乎仅停留在先烈们的遗愿中，而对自由本身的理解却是万般模糊而抽象的。我们并不真正懂得自由的含义。

我们按照长辈教导的那样生活，就觉得已经得到了充分的自由。较之旧社会什么“父母之命，媒妁之言”，我们着实不知有多幸运了。

事实却远非如此。

茫然四顾，太多人生活得太无奈。相当长的时间里，我弄不懂为什么有人丰衣足食，却仍不觉满足和快乐。认真地思考一下，问题的实质恐怕是多半的人并没有按照自己的意愿活着。他们的苦闷与无奈源自于生存的状态与理想的差距。如果在报酬丰厚的同时，还不能泯灭生存的其他向往，落落寡欢也就在所难免。

对于个体而言，所谓的自由，无非是一种选择的自由。当有若干种生存的态势摆在我们面前时，我们是紧紧地把握选择的权利，还是宁愿继续那所谓宿命的老路，这是关键。

我总是能在此时此刻想起我留在故乡的伙伴，她们至今仍日复一日地继续着我们曾经的生活。她们常常有电话来，向我抱怨：工作乏味，人际复杂，夫妻关系紧张，儿女不听话……总之，事事不尽如人意。她们最初就抱定了安稳的生活，但生活并没有如其所愿地真正安稳起来。

我自认为是幸运的人，这幸运并不源自于我拥有多少财富，而是我始终拥有选择的自由。

我当初就按照我既定的想法活着，不受眼前利益的诱惑。在外人眼里，有时执着得过火，可是我坚信这是自己的权利，一种选择的自由。于是，我终于得到了自己想要的这种日子，它和我多年前渴望的模样相差无几。我也深知，我还能得到我更想要的一些东西。与其说金钱意味着要什么有什么，莫不如说是自由。因为它还可能给你另一种你最渴望得到的东西——一种真正的内心安宁。

她在意生活的形式，
我要的是生活的内容

自由本身，并不意味着为所欲为。我所渴望的自由，是基于我自己生存的现实和理想之间的有限空间。当我发现它仍足够宽广，足以凭借我的想象任意驰骋和翱翔时，我兴奋不已。

我的现实是我无从选择的性别、家庭和时代的背景，我生存的前景却是社会提供给我的种种发展的可能。而就单纯的个人理想而言，通向人生目标的道路可近可远，可曲可直，可欢喜可悲凉。但我坚信，生存的本质是人与生活本身的一种自始至终的较量，要么它裹挟你，要么你驾驭它。

我们这一代人的困惑多半来自于时代的变迁，生活面貌的快速改变和我们所承袭的父辈生存模式的矛盾。正是这一矛盾束缚着我们的头脑和手脚。

好在这些年，经过最先一波“选择自由”者的挣扎，生存原本所应呈现的千姿百态又摆在面前，尽管更多人在叹息“为时已晚”，但思想中早已不得不接受了这样那样的活法。认同与否是另一码事儿，给予后代的起码再不是曾经固守的单调和乏味了。

作为女人，我生存的理想，并不存在于大的社会面貌改造上，也不奢望同男人一争高下。我将其放在力所能及的范围内，并尽心尽力。

我更在意自身和家庭的生存质量。我渴望在有限的时空里充分利用选择的自由，具体到爱恨情仇上，我痛恨所谓“顺其自然”的说法，我坚信它仍有分寸值得把握。

我常常用我的方式和母辈的方式做最一般的比较。她们是看似轰轰烈烈的过来人，至今仍喜欢满怀激情地高唱“大跃进”时代的歌曲，那是她们最激动人心的记忆。可以说，没有哪一代人比她们更有改天换地的雄心壮志了。

可是，我不得不接受母亲沉痛的教训：到头来，她连自己的家庭矛盾都没有处理好。这不能不说是一种悲哀。

纵观她的一生，我有不寒而栗之感。她的一切似乎都为一种无形的力量所左右，几乎失去了全部选择的自由。

今天母亲仍试图用她习惯的方式管教我。她始终不原谅我放弃一份体面的工作“碌碌无为”地待在家里。她在意的始终是生活的形式，而我要的是生活的内容。

我们之间矛盾的不可调和之处，恰恰是我们对自由和幸福的不同理解。她认为将自由交出去，才是幸福；而我却试图牢牢地将自由抓在手里，即便不是全部，也是我所能及的那一部分。

母亲的晚景就在眼前，略显无辜。我的晚景尽管未知，但我却不容置疑地相信，那将是在一个美丽的黄昏，我曾渴望的模样。一定。

放弃又何妨？

是什么奠定了一个人选择生活的基础？是谁塑造了一个人对生活的某种强烈憧憬和向往？又是什么时候开始，一个人坚定了他追求某种生活方式的勇气和信心？

在一个人成长的过程中，这些问题显得如此含混不清。诸多的因素和成长的细节，造就了一个成年人。他或生活得美满而快乐，或感到无助而忧伤，但一切看上去竟如此顺理成章，他本该是他的样子，而你我都爱莫能助。

尽管未成年人所遭遇的一切，不可避免地带有宿命色彩，尽管成长的继承性必定对他的影响要持续到死亡，但对于长大成人的我们，自我塑造的自由，却是拯救命运的那根最强有力的“稻草”。

我不是一个成功者，但我实现了一直以来我所渴望的生存理想。如今，我潜心操持我的家庭生活，尽心尽力抚养我的孩子，用心地理解我先生事业上的喜怒哀乐，并试图腾出更多的时间学习一些我渴求已久的知识，从中我可以得到充分的满足和快乐。

我并不认为这样一幅生存的图景值得每一位女性追求，我仅仅认为它是我想要的那种。至于还有多少人想要，或得到与否，我并不介意。

在我看来，自由的美妙之处，不仅在于它有充足的能量，足以让一个人成为他想成为的那一种人，而且在于天长日久它慢慢培养了我们审视自己生活的能力。

当我们学会了像评价一位老朋友那样评价自己的生活时，我们才真正把握了自由。

人生理想无论源自于何时何地，它毕竟如一粒饱满的种子深深地植于我们的心灵深处，它起初是隐蔽的，需要潜心去发现，随后它茁壮成长。

然而，眼前利益和某些世俗标准，往往是致使其夭折的意外魔力，摧毁掉这一切，也摧毁掉一个人的未来。除非我们有足够的勇气和魄力，用以随遇而安，否则余下的光阴将是不可收拾地难挨。

在某些人眼里，我现时的生活是不思进取、碌碌无为。他们常常在我面前叹息我职业生涯的风光。我用淡淡的微笑回答他们，相信他们并非真正懂得我微笑中的含义。如果得到的并非是自己真正渴望的，那放弃又何妨？

当我发现，我真正的价值在于影响我身边的两个男人的成长，而对职业对象却终究是浮光掠影时，我为什么还硬要避重而就轻呢？

如果自由不仅仅是塑造自己，更存在塑造他人的义务，这样一种自由，便责无旁贷地需要我们肩负起来。这也就是自由的另一层更为深邃的内涵——责任，真正意义上的责任。

男女之间

科学走过相当长的一段弯路。至今，科学家们仍以可“证伪”的科学为真科学。但似乎相当多的人开始相信，一部分思想是应该退回到它原初的自然状态才更科学。

我不愿迷信这点，但我确实发现人在自作聪明的时候，难免是在办傻事。比如，此时此刻，我就很可能在发表着十分愚蠢却又自以为是的见解，但我之所以要冒风险表达的理由是，社会宽恕“一家之言”。

男女关系发展到今天，自然离上帝的意志相去甚远。女人所渴望的权利已实现了大半，在获得的同时，她们失去了多少，似乎不值得追究。然而，我想做和想说的一直是，回到女人最本质的生育现实，或许还有另外一条路可走。

我们可以将家庭、孩子以外的一切称为事业，却认为在家庭和孩子身上的过多付出是不符合社会标准和价值的。从某种意义上说，这有本末倒置的嫌疑。

我们所谋取的一切权利，其实最根本的动机首先是使自身和家庭幸福，然而我们往往喜欢放弃对家庭和孩子最基本的关切，而选择以创造物质财富来填补情感空白。

如果一个女人用她创造的财富为她的孩子请最好的保姆，让她的孩子上最昂贵的学校，她孩子所获得的满足未必比一个贫困的孩子多多少，如果那个贫困的孩子有一个情感上不贫困的母亲，他更可能享受到理解爱的人生。

我以为，在撇清男女关系这个问题上，孩子自始至终是个关键。在刀耕火种的时代，人类生存的全部意义在于繁衍生息，所以他们认为将母亲留在家里照看孩子是天经地义的。社会发展到今天，女人可以以人口过剩为借口拒绝生育，这无可厚非。可是一旦身为人母，仅仅为了满足自身的社会抱负而吝惜基本的情感付出，我认为就大为不妥。

我盼望女人在做人生权衡的时候，把生儿育女当作一个重要的砝码放在天平上。当你不以损失孩子的利益为前提时，你的一切所得都是心安理得的；而当你以牺牲孩子的利益为前提时，你的一切所得都可能是得不偿失的。当然，其中绝不包括那部分为了基本生存保障而不得不忍痛舍爱的母亲。

在追求男女平等的问题上，生育自始至终都不能算作女人“低人一等”的“把柄”，而恰恰是女人提高人类的普遍素质、追求自身权利的真正筹码。

贰

我所理解的婚姻

当我静下心来开始整理我们的生活，

我才蓦然发现，其实所有的混乱都是心态使然。

我为什么不好好享受他能给我的那部分，

而非穷追不舍他不能给甚至没能力给的那部分人生呢？

如此想，便豁然开朗。

夫妻间的分寸

我先生少时家境贫寒，据我婆婆讲，六个儿女小时候是三个人盖一床被子。我先生全凭先天的智力优势，误打误撞地完成了大学的工科教育。在外人眼里，我和他简直是“驴唇不对马嘴”。很多人对我们可以相安无事地走过二十多年的婚姻生活抱有极大的好奇。

过去的二十七年，我们经历的坎坎坷坷几天几夜都说不完，我觉得自己有一百个理由离开他，离开这段婚姻，但我没有。这种没有，其实我是在兑现婚前对自己的一个承诺，当我二十二岁决定嫁给我先生的时候，我就反复对自己说：我不离婚，这辈子我不离婚！

基于对自己的这份承诺，我觉得我必须在婚姻里持有一种积极的态度，不是奢望改变对方，而是改变自己对待对方的态度和不该有的幻想。我在婚姻这座大房子里，不断地调整自己的位置，调整自己的方式，调整自己的需要。我的婚姻生活便如此走过了最艰辛的一段磨合期，走到了此时此刻。

在我心里，始终觉得女人这辈子能守住一个男人是一种美，而能活进一个男人的心里应该是一种境界。尽管我并不否认再婚可能带给人幸福生活，但我以为，我要的美满婚姻就是从一而终。可是在今天这种复杂的社会环境里，最脆弱的关系，莫过于男女之情了。即便是走过千山万水，我也不敢保证我能实现一个女人对婚姻最完美的梦。但在男女之情上，我依旧追求无怨无悔。我尽了最大的努力来呵护我的婚姻，我能做到的也只是管好我自己，我不过分强求对方，但我告诉他我的底线和原则，我以为这是夫妻之间相处的分寸。在这个分寸之上，我先生尽可以全身心地投入到他的人生理想中，而我也自顾自地继续我的白日梦。

我对男人的改变从来不抱持幻想，但随着岁月蹉跎，我惊异地发现，其实，他还是变了，变得越来越接近我理想中那个男人的模样。单就看电影这一件事而言，退回十年，我无法相信我先生可以在电影院里坐到《失恋33天》演完，而今我先生不仅可以有滋有味地陪我看完《失恋33天》，走出影院给我买一只冰激凌，还会说，这电影有点儿意思。

在婚姻这座暖房子里，我们不试图改变对方，但要相信变化的可能性。始终如一地要我们最想要的东西，这东西才有最大的可能也同样成为他的需要。

两个人的“长征”

说到婚姻，真的是一门大学问，可是谈事业的成功学著作铺天盖地，谈婚姻的成功学论著却寥寥无几。到了人们开始关注“幸福指数”的今天，婚姻生活好像还是摆不上台面，不值一提。人们只是热衷于为年轻男女牵线搭桥，好像只要将两个人撮合到一起，便万事大吉了。

其实，婚姻就像是两个人的“长征”，其过程用艰苦卓绝、长路漫漫、伤痕累累这样的表述都毫不夸张。

我年轻时的一个女友，婚后上班的第一天就对我说，她第一次看到她先生刷牙的姿势就想一脚将他踢出门去。当然，在我们那个时代不兴“试婚”，婚后，对方的一个生活细节很可能令人忍无可忍，却又不得不忍。

婚后相当长的一段时间，我都是郁郁寡欢。我当时说不出，究竟什么让我如此不舒服。婚姻生活的现实和我的理想实在相距遥远，我和他之间隔着万水千山一般。接踵而至的是陌生而复杂的家庭关系，是先生事业的跌宕起伏，是儿子的呱呱落地……我常说，我一点儿都不留恋年轻，因为二十岁到三十岁之间我的日子实在是太沉重了，我们要解决的问题实在是太复杂了。

嫁给我先生那年，他的大妹妹刚入大学不久，小妹妹还读高中，弟弟在部队当兵。第一次陪他回家过年，临走前他将大妹妹的学费交给他母亲后，便囊中羞涩，我们无车无房，岂止“裸婚”，应该是“赤（赤贫）婚”。我们全赖年轻人的“无知无畏”，在陌生的城市打拼。

现在想来，其实我当时并不真正懂得先生内心的挣扎。他承受的要比我多得多。可是，我还会因为他没陪我看一场电影而闷闷不乐；还会因为他回家太迟而耍性子；还会因为他没用心地听我讲完一件事而恼羞成怒。我追究的始终都是他没给我的，从没好好想想他彼时彼刻内心的苦楚。

直到我彻底回归家庭，静下心来开始整理我们的生活，才蓦然发现，其实所有的混乱，都是我自己的心态使然。我为什么不好好享受他能给我的那部分，而一定要穷追不舍他不能给我甚至没能力给的那部分人生呢？如此想，便豁然开朗。

我开始用心地调理我的生活，我的生活慢慢变得井然有序起来。

而今，每每有新婚燕尔的女孩子向我讨教婚姻的秘方，我首先会毫不犹豫地告诉她们：

不要想你嫁给了一个男人，而要时时提醒自己，其实你嫁给的是一个男人的社会关系。你必须拿出全部的耐心和爱心调理好他的社会关系，你才有最大的可能让自己的婚姻生活变得宁静有序。

当别人无法轻视你的时候

我一直不能苟同情感关系中男女平等与否取决于双方经济地位高下的说法，起码不绝对这样。

有多少“款姐”“款婆”还不照样被男人玩于股掌之间，即便你成了社会公认的“女强人”，金钱权力双丰收，在男人眼里，你仍可能什么都不是。表面的“唯命”是假，背后的“何从”才可当真。

其实，并非所有女人都拥有向社会索平等的高瞻远瞩，而绝大多数女性能够在家庭中修炼得举足轻重，也就足矣。说到在家庭生活中如何修炼自己，我推崇“自尊、自强、自爱”。

我对“自尊”的理解是，尊重自己的前提是尊重他人。“自爱”也同理，学会爱他人，才是最好地爱自己。

我从前供职的学校不坐班，一个教研室的人，有时一星期都碰不上一面。每逢例会，平日冷清的办公室就像开了锅。在座的几乎都是女教师，如果此刻你刚好是最后到的一个，眼观六路，仨一帮俩一伙；耳听八方，年轻媳妇们必控诉婆婆无疑，老年妇女们必抱怨媳妇不止。未成家的一拨儿也只有跟着受教育的份儿。

背后揭人之短，有理没理都是对人不尊的行径。这小小细节，足以让人感到婆媳之间似乎与生俱来地不共戴天。灵魂工程师们尚且如此，更何况他人。

你不尊重人家，反过来还要人家尊重你，给你所谓的家庭地位，这才是痴心妄想。婆媳关系仅为一例。夫妻关系同理。

再说自爱。你要先生爱你，却丝毫不为他的冷暖温饱所动，而尽是巴望着人家为你端洗脚水，这便是痴人说梦。当然也有那种男人，浑蛋到不知好歹的地步，可是我相信更多的男人还是通情达理的。

仅仅自尊自爱还是不足以稳固女人的家庭地位，接下来我们说“自强”。

如果说自尊和自爱是通过行动来实现的，那么“自强”更大程度上依存于我们的思想境界。你可以不是什么国家干部，也可以不是任何知识分子，但你必须拥有一种与时俱进的思维习惯。当别人无法轻视（甚至蒙骗）你的时候，他自然会尊重你、信任你。而“学习，学习，再学习”始终是自强之本。

我忽视经济在评价女人家庭地位中的作用，没有确凿证据，仅以平常之心，针对周遭之事，浅发感想，如若能警醒对号入座的好友，便也遂心。

爱的蛋糕怎么分才好？

女人对男人的感情是复杂的，不能多一点儿，也不能少一点儿。多一点儿，她会觉得自己亏；少一点儿，她又于心不忍。女人大多过分在意男人的回报，所以，恰到好处地给和不给，她才不会过于自责和抱怨。

随着女人身心的成熟，她会用更为现实的方式来衡量男女之间的情感，纯粹意义上的感情用事不会发生得太多了。

特别是做了母亲的女人，她把太多的感情放在孩子身上，难免忽略其他人。我自始至终相信，一个人爱的能量是守恒的，这里多一点儿，那里必然要少一点儿。这没什么不好，我们一向受到的教育就是分清主次。当男人的位置退居到其次，对我们的身心而言，很可能走向了崭新的成熟。爱的权利，在这里，以放弃而呈现它的美丽。

东西方文化导致的东西方女性对待丈夫和孩子态度上的差异，或许就在于我们过分在意对孩子的给予，而就我有限的了解，西方女性比我们更容易取得在丈夫和孩子之间的平衡。

我们不能单纯地评价谁是谁非。爱是一种文明，接受历史是必然的。我们的母亲的母亲就是如此这般地对待她们的丈夫和孩子的，我们也这样对待我们的丈夫和孩子，怎么都说得过去。爱也是一种需要：无论肤色，在人与人之间都存在着千差万别。

爱，有时被分割得支离破碎。谁从我们身上拿走的都可能是残枝败叶。这种爱，是过于感性的。我们释放它，随心所欲。随着年龄的增长，合理而理智地分配我们的爱，是必要的。

我们必须首先爱自己，它如同托住蛋糕的底盘，然后，我们把精心切好的蛋糕一块块放上去，一份份分发出去，大家的心情才会豁然开朗。没有人再企图得到这个蛋糕的全部，无论丈夫、孩子，还是亲朋好友。

爱，是一种习惯。你拥有良好的爱的习惯，一切都会自然而来，一切又都会自然而去。你无须拿出更多的精力去打点它。

然而，在建立这种习惯的过程中，我们需要付出不懈的努力。如果我们有幸得到过父母的点拨，会很轻松；如果我们没有得到过，就需要加倍付出努力，因为这毕竟是我们通向幸福生活的捷径——充分把握自己爱和被爱的权利。

爱是一种能力

我和我先生婚后最初的日子，令我陷入深深的苦恼。我苦恼自己期待的种种关怀和爱护竟如此遥不可及。朝夕相处的人，竟如此遥远而陌生。

这令我相当沮丧，和他闹，他竟也一脸的委屈。我百思不解，不知道问题究竟出在哪里。

直到有一天，我回到他父母身边，回到那座他生长于斯的偏远小村，我才知道他曾经生活在怎样一种窘迫的状态下。物质上的贫困自不必说，村里母亲们信马由缰的养育方式，的确谈不上最起码的关注和教育。

至今那里仍信奉着“打是亲骂是爱”的教子方式。人们一边拍着孩子的屁股，一边用最粗俗的脏话表达他们对孩子的亲昵。而我那身为村支书“堂客”（老婆）的婆婆，在那里算得上最文明的女人，她一生养育了六个孩子，还操持了大部分的农活和家务。

我丝毫没有理由责备她对孩子疏于教育，我甚至不允许自己有一点点这方面的想法。如今，她的儿女们都生活在那小村之外的大城市，这是她的骄傲。对于这个一辈子干了几辈子活儿的女人，我充满了敬意。

然而，我这个习惯了父母宠爱的女人，面对这样一个几乎可以称得上麻木的丈夫，最初的无所适从似乎也在情理之中。

今天，我们的生活终于走出了我婆婆她们当年的困境。作为母亲，我们已经拥有了充裕的时间来关注我们唯一的孩子。我们没有搪塞的理由，必须以严肃认真的态度来教育我们的孩子：爱一个人，就是要恰到好处地给予。我们要拥有敏锐的感知能力，去感受他人的需要，然后付出。

爱是一种能力，是一种感受能力，是一种给予能力，是一种接受能力，也是一种表达能力。如果我们有幸拥有这种能力，就要在儿女面前充分发挥出来；如果我们没有这种能力，就必须刻意打造自己。

今天，我先生终于习惯了只身在外时给家人报平安；习惯了牢牢地记住家人的生日，无论在哪儿都有礼物和问候；也习惯了腾出一切可能的时间陪伴家人……我知道他为此付出了相当大的努力。

家庭中的付出，最要不得计较回报

尽管女人的地位正不断上升，并吆喝着顶上了半边天，但我坚信“夫贵妻荣”的思想仍根深蒂固。

这不能完全说是女人的虚荣。从更深入的层面去考虑，其多半是女人迁就男人的一种表现。特别是对于那些自身素质相当不错、大可做出一番丰功伟业的女人来说，个中感受更是五味俱全。

一部分已婚妇女，悉心呵护男人的自尊，适时调整自己的社会地位，以期与丈夫的处境相协调，适时处于相对的弱势，这样，男人满意，全家和谐。

久而久之，女人便不再看重自己的得失，而是全力以赴对待男人的得失了。她们希望丈夫赚大钱，出大名，做大官，全不把权力和名利背后的连带恶果放在眼里。只要你有朝一日出人头地，我就“俯首甘为孺子牛”。

可是，这世上的一切事物都是有限的，权力和名利尤其如此。有得之人，必有失之人，对于失败者，他人抱有同情，可妻子从百忙中蓬头垢面地幡然醒悟，却无论如何都同情不起来。今生今世，这男人不过如此了，数年持家教子的辛苦，均成了无用之功，何其懊恼！

男人以后的日子，可想而知。对于甘心认“罪”，且能埋下头甘愿家务“劳改”的也就罢了，女人多少得了一头，心里总算安慰；对于硬撑着还在女人面前扬威耀武的，女人再不会有所顾忌。“你算什么东西？有本事外面使去，在家里耍什么？”

女人硬起来，刀枪不入。离婚！没什么好犹豫的。守着这样的男人，反倒窝囊。事情一下子就简单了。一刀两断，女人松口气，甩下个大烦恼，一门心思将希望寄托在儿女身上，前夫无能，儿女可得争气！

在面对男人得失的问题上，我至今仍没有真正想清楚，怎样的态度、怎样的做法才能够令“他”又令女人自己恰到好处地解脱。但我坚信，女人在家庭中的付出，是最要不得计较回报的。这完全是一个过程，一个必须满足于过程的过程。

我们将人生最美好的时光，倾注在男人的得失之间。我们不再在意自己的需要，我们想他之所想，要他之所要，这无可厚非，但值得思考的是，我们究竟将快乐寄托在关爱的过程还是关爱的结果上。其附带的人生体验将迥然不同。

或许我们只能说，男人的肩膀也未必坚挺，女人不再以欲望施加压力，对男人是解脱，对女人亦可谓“退一步海阔天空”吧。

迁 就

有时候想想，就那么一个两年前还形同陌路的人，或许某一次你们同乘一辆车，同坐一排位子，却视若无睹；或许某一个雨天，他正瑟缩在屋檐之下，你撑着你漂亮的花伞，骄傲地站在距他很近的地方，却无动于衷。仅仅一两年后，你们却蓦然开始了同出同进同枕同眠的生活。这听上去太富戏剧性了，事实却由不得置疑。

想想人曾经是那般小心谨慎地做人防人，在婚姻这件事上却防不胜防，甚或听任自己麻痹大意。美满呢，也只能说“一不留神”；不美满呢，也只能怨天，却“尤”不得人。

恋爱时，我们羞于启齿的事，婚后暴露无遗。喜欢也好，不喜欢也好；习惯也罢，不习惯也罢，你似乎别无选择地必须一概接纳。对于性情耿直容不得沙子的，日子就变得艰涩难熬；对于性情温顺随和的，将就着包容过去，日子一久，他的习惯也成了你的习惯，好坏就一律不在话下了。

在我还很年轻的时候，我最不懂得迁就的道理，每每听到这个词，我就认为是无条件被人要求委曲求全。直到婚后，我才知道，一天不迁就，你就一天没有好日子过。早晨起床，你请他叠好被子，他马马虎虎地给你敷衍一下，你不满，他却理由十足：东西是为人服务的。你要真跟他急，这一天都没法过。久而久之，我发现迁就实在是一种不可言喻的美德，它尽管没有宽容那么高的姿态，却怎么都说得过去。

你不行，好，你放下，我自己来；你说的话，我不爱听，我权且充耳不闻；你做的事，我不爱看，我权且视而不见。这的确是一番功夫，须认真修炼。人是要超越生活而生活的，迁就是超越前的准备，非此，我们达不到“美丽人生”。

好像什么都不曾发生

我和我先生婚后二十年的生活，风风雨雨，一般家庭所经历的，我们也毫无遗漏地经历了。一般家庭未经历的，我们也没被放过。

他去国离乡的那段日子，相当多的亲朋好友替我忧心忡忡。她们试图说服我做好一切物质上和精神上的准备，好像我先生随时随地都会弃我而去。对此，我没动声色。

倒不是我盲目自信，而是我相信自己比任何人对他都更多一份了解。我知道家庭在他心目中的确切位置。而在他只身陷入困境，我却爱莫能助时，我几乎幻想着有一个善良的女人能够陪伴他，而我会异常感激她。

这种感情是很莫名其妙的。在那样的时刻，性已经被远远抛于脑后。在那样的时刻，我似乎突然明白了人所以为人的一切道理。

当生存受到严重威胁时，性不再重要；当关心一个人超越了自身时，性也不再成为问题。

三年后，我先生如期回到我和儿子的身边。在亲朋，是虚惊一场；在我，则是自然而然。一切又回到从前，好像什么都不曾发生过，也好像再不会发生什么。

在我们别离的日子，他在大洋彼岸究竟有没有特别的情感经历，我无意追究；而我在留守的岁月，是否做到安分守己，他好像也无心过问。一切都成为永远的过去，不值得追究。对我来说，真正重要的是，在我们接下来的生活中，我找到了一个崭新的自己。

我们利用夜深人静的时候，做我们该做的事，体验彼此的体验。我们也习惯利用夜深人静的时候，探讨孩子的教育和未来的打算。我还喜欢耍些小小的把戏，刺探他作为普通男人的内心秘密。

直到今天，我仍不能说我的家庭生活是美满的。我只能说，当我认识了男人的某些本质之后，我仍没有充足的理由说服自己离开男人。我就知道，在性的问题上，女人最真实的情形是，一概采纳了“不求全部拥有，但求自己所得”的现实主义态度，自欺欺人也好，心知肚明也罢。

体会男人，是一个艰难的历程

“我们应当仔细体察潜藏在经验背后的知识与智慧，否则，我们就和卧在热锅盖上的猫一样了，它永远不会再去热锅盖上卧了，这当然是明智的，但它也永远不会卧在一个凉锅盖上。”

马克·吐温的这段话，提醒我们经验的不可取之处。往往偶然的经验导致我们错过人生的大好风景，就如同猫因一次被热锅盖烫着的经历，而永远错失了凉锅盖上的美妙享受，甚至锅盖下的一顿美食。

女人的性情中有和猫相似的特质。我们喜欢自以为是地说：“他粗心大意！”“他冷酷无情！”“他低级趣味！”……然后，像甩掉一块抹布那样甩掉他，我们义无反顾。

或许，我们因此而错过了男人深蕴的温情。

我们也容易在感情上一次受挫而终身逃逸，就像猫躲避那个热锅盖。我们根本不在乎是不是还有一个舒适的“凉锅盖”等在那里。

在男女相处的艺术中，缺少发现是致命的弱点。缺少发现的同时，又喜欢轻易地做判断、下结论，更是无药可救。

一读就懂的男人，在今天这个复杂的社会中不是多数。体会男人，是一个艰难的历程。他往往向你展示的是最大众化的脸谱，你信，你也只是找到了一个“热锅盖”。是去是留都可能是一种考验，明智的选择我们普遍叫作“处处”。

可是，人和人之间往往不是越处越近的，很可能越处越远。最终发现了一个“锅盖”，却并不适合自己，这不能算悲剧。悲剧是你自始至终都没有足够的耐心去发现。

我始终相信人性善良的一面，将不善看作缺少表达的机会。男人不会缺少美德，而女人要懂得为他创造表达的环境和机会。如此说来，“热锅盖”也好，“凉锅盖”也罢，其实我们自己造一个冷暖适宜的锅盖，最好。

爱情之外的“爱情”

人们越来越喜欢用“没有激情”这样的字眼儿来说明婚姻走得太久而乏味。当有一天我听到抑郁寡欢的女友再一次提起它时，我无意中问起：“激情究竟是什么？”她直白地答：“就是没有兴趣和老公做爱。”

我一时语塞，倒不是因为我非常满意我的婚姻而不感寂寞，而是我突然十分惊讶地发现激情竟意味着如此本能。倒也不是我假装一本正经忽略人之常情，而是我一直认为，激情是一种对生命的向往，即便没有男人，我们也可能独自拥有。

我不敢肯定婚姻走到今天是不是已经到了穷途末

路，否则人们不应该拿出如此多的理由来试图摆脱它。今天，赞美婚姻的词句已经日渐贫乏，我不知道是不是该回过头去重新审视我们传统的制度。

一夫一妻制的由来顺应了爱情企图据对方为已有的私情，但它的确没有迎合人类喜新厌旧的本性。我们可以拿出诸多的理由去说服教育婚姻中的男女，我们可以打出孩子这张王牌，我们依旧知道没人愿意忍受没有激情的生活。

当婚姻中的一方厌倦了对方的爱抚，他(她)厌倦的就已经不单单是事件本身了。婚姻是否就此意味着到头，我不敢保证，但我知道，从此以后的日子恐怕要一天天地熬着过。

在我的理解，把激情放在更广博的人生兴趣上，我们能获得意外的收获。我们曾经过分在意对方的行径是否吻合爱情的尺度，我们的激情在一天天清醒的认识中一点一滴地损耗，我们以为这完全有理由磨蚀掉我们对生活的其他向往。婚姻的不尽如人意，就此成为女人丧失全部生存乐趣的借口。这无疑是我们悲剧命运中最悲惨的典型。

从这个意义上讲，我欣赏化生活的悲痛为事业力量的女性。我知道她们把自己的激情全部转移到社会的是非标准中来，至于愿不愿意和老公做爱，她们采取了回避的态度。这也未尝不是一种解脱的好办法。

而我执意追究做爱心情的女友，她更深的痛苦其实并非是丧失激情，而是拥有太多的激情无处宣泄，她没有找到爱情之外的“爱情”。

要么改变生活，要么适应生活

“去向未定，但毅然出门。”

这是娜拉式的离家出走，走得毅然决然，走得情绪十足，至于是否义无反顾，则另当别论。

如果说，在当时的社会背景下，她带有一种积极的反叛色彩，那么到了今天，在我们所生存的这种社会环境中，它未免有些莽撞，并带有相当的逃避色彩。

我一直不赞成女人离家出走，当然这不包括家庭暴力笼罩下的悲惨生活，我所指的是那种一般意义上对生活现状的不满。我的真实用意，在于希望我们女人能更懂得直视矛盾，并做“掰开了，揉碎了”式的思考。相信更多的时候，它远比一走了之奏效。

而今妇女所承受的身心压力不比从前，社会已经为我们提供了相当多自我选择的机会，如何面对这些选择，则完全取决于我们对事物的分析和判断能力。一味地抱怨，无济于事；离家出走的后果，更不堪设想。

我们在家庭生活上的所谓困惑，大部分来自情感上的迷茫。职业上的抉择不尽如人意，尽可以调换，丈夫调换起来，就远没那么轻而易举。“离家出走”可能是每一个受困妇女的潜在冲动。抛开一切便万事大吉的想法，未免天真幼稚。

真正聪明的做法，往往是拿出勇气来，要么改变生活，要么适应生活。哪怕千难万险，我相信只要是对症下药，应该不会出太大的差错。

如果真正到了非走不可的地步，那也不要冒“娜拉”的风险。要把未来的日子精细地打算一番。前途啦，命运啦，一系列的问题如果都在运筹之中，甚至艰难困苦都已了然于胸，那就真的无所谓怕不怕了。

在我还没有这般醒悟之前，我有过离家出走的教训。那一次，是被他惹火了，一时间不知如何是好，情急之下，便摔门而走。一时的痛快没多久便消失殆尽，寂寥的夜空之下，顿生悚然之感，加之无所适从，心内便生悔意，一下子觉得自己十分没劲。碍于面子不想马上回去，结果在电影院里消磨了一个晚上。

到头来，事情非但没有根本地解决，反又节外生枝地激化了矛盾。那以后，我就决定，除非一去不回，否则决不再做此等傻事。

“逃回娘家，或栖身朋友居所”的傻事往往从傻的想法开始，而傻的想法，就是我们太容易把眼前的这个男人想象得“十恶不赦”，而其他人却因之安全可靠起来。

我不相信

今天看来，这世上最靠不住的，莫过于男女之间的“信誓旦旦”了。我不知道都是些什么样的人喜欢“山盟海誓”，也不知道都是些什么样的人喜欢相信“甜言蜜语”。

热恋之时，说些不着边际的疯话，按理也是情不自禁，大可不必斤斤计较，可是就有人挖空心思地追究下去，让人一定负责到底，到头来，往往非但没有达到预想的目的，就连最后一点儿人之常情也毁于一旦。

在我有限的恋爱经历中，不曾有人对我“山盟海誓”过，这或许因为他们都看得出，我是那种不大轻易相信什么的女人，说了也可能自讨没趣。我在很多时候很多问题上所表现出的过分冷静，或许不大讨男人喜欢，但这并不意味着我在内心深处不曾对他们暗自承诺过。只不过我深信世事变幻莫测，有时根本不以人的意志为转移，所以有些东西还是让其停留在思想的层面上比较好，这样尽管失了一时的欢悦，却可能终身受益。

在我看来，“信誓旦旦”的爱情关系为何总是以“落花有意，流水无情”而告终，其中大有值得咀嚼的内涵。除非故意以“信誓旦旦”为手段而达到其不可告人目的的那一部分人，余下那些自认为有充足把握的人多半身上具有草率行事的特质，他们能在爱情的问题上“以偏概全”般地自以为是，在未来的生活里，也十有八九有出错的可能。

朝不保夕之时，也就难保“风花雪月”了。

一个男人和一个女人，经历了大相径庭的成长环境，各自成人。或许偶然或许必然地邂逅，一见钟情也好，日久生情也罢，无论当时的情感深厚到何种程度，有一点是绝不可抹杀的，那便是过去十几二十年的光阴留给各自的身心痕迹。这痕迹能否得以恰到好处地契合，以达和谐，往往是要假以时日的。

人与人相处的残酷之处，就是要伴随时光的荏苒才可能真相大白，所以你说你就愿意对人信誓旦旦或就愿意相信他人的信誓旦旦，尽管无可厚非，但唯“旁观者清”的道理就在此最见效力。

在我二十年的婚姻生活中，我先生最信誓旦旦的一句话是：“这辈子只可能你提出和我离婚，不可能是我。”这话尽管离“海誓山盟”“甜言蜜语”相去甚远，但我依旧不大当真。因为我不相信万一有一天我翻天覆地闹起来，他还会保有如此君子风度。

所以，从某种角度说，“信誓旦旦”的不足信之处，还在于我们每一个人情感的未来走向都是那般的神秘莫测。

镌刻在DNA上的“势利”

怀孕期间，尽管我先生通情达理风度十足地说“男孩女孩都喜欢”，可就在最后一次B超之后，当医生信心十足地告知我们是个男孩时，我仍是无意中瞥见了他眼中一闪而过的光芒，而我也因他的欢喜而欢喜。

我由此不得不承认，就生孩子这件事本身而言，尽管是女人来完成的，但它的的确确不是为女人而完成的。看上去，它更像是一件老板交代下来的任务，而女人只是扮演了一个执行任务的雇员角色。至于生男生女尽管不以女人的意志为转移，但它的确是老板眼中衡量这一任务完成得出色与否的标准。

我见产房内那些生女孩的产妇，一个个像是第一次推销商品就四处碰壁的推销员，垂头丧气，我见她们的男人气壮如牛，大有就此抓住了整治她们的把柄，尽可以为所欲为的架势。

尽管我为此而愤愤不平，可就内心感受而言，又何尝没有那一点点沾沾自喜呢？见“老板”喜上眉梢，中了头彩似的四处发布消息，我又何尝没有一丝一毫“母凭子贵”的得意呢？

由此，我终于清楚了重男轻女的思想是何其根深蒂固。作为女性，我知道我没有理由自轻自贱，可是，追究起来这到底是什么在作祟？

后来，我到乡下生活，才一点一滴地感受到农民的辛苦。当我看见最强壮的男子也不得不为繁重的农业劳动而透支体力时，我深切地感知到那一份强烈地渴求分担的期望。无疑，男孩能成为他们最得力的助手。可想而知，人类最初是生存本身让我们变得如此势利，而这“势利”顽强地镌刻在DNA上，一代又一代地这般传承下来。而今，即便有相当一部分人已经摆脱了繁重的体力劳动，他们也无法摆脱这一世代相袭的情愫。

毫无疑问，这属于绝非宣传攻势所能解决的那一类问题，强行说教，反倒不如顺其自然为好。他生男快乐，就让他快乐去，他生女不悦，就让他不悦去。

拿出曾经相爱的勇气

如果你真正爱你的孩子，你必须真正地爱你自己。你必须珍惜你的健康，必须珍惜你的家庭，你必须拥有一种极度宽容的心态，来面对你的家人和每一件琐碎的家事。否则，你的爱就是建立在沙地上的，没有根基，经不起风浪。

我是从伤痕累累的家庭中跋涉过来的。我的父母无微不至地爱护过我，他们甚至牺牲了自己的幸福，来成全我们完整的童年，我深深感激他们的同时，也感到深深的疲惫。我疲惫于自幼时起就本能地学会了在他们之间斡旋，我疲惫于至今仍要承受他们之间的恩恩怨怨。

我多么渴望他们是那样一对老人，晚来相伴，形影相随，成为儿女恋慕的典范。但是，他们没有。而今的他们，天各一方，形同陌路。而我全部的童年印象，尽管不失美好，却仍旧略显遗憾。

今天，我们这一辈人又走到人生的关口，我们事业前景窘迫，我们家庭关系紧张，我们没有爱自己的能力，我们也一定没有真正爱孩子的能力。

爱是无法补偿的。父爱和母爱，无法相互替代。我们不具备既当爹又当妈的本事，因此必须具备挽救家庭的能力，我们才能真正谈得上爱我们的孩子。

我不能细细地论说孰是孰非，我也不想要求不幸的人委曲求全，但我坚信，曾经相爱的人只要拿出曾经相爱的勇气，婚姻就不会走向穷途末路。

一个完整和睦的家庭是孩子成长的基本保证，在这样的家庭里，尽管我们仍难以保证孩子会适得其所，但它提供了一种最为可靠的前提，我们两个人承担着生存的压力，只要我们愿意，我们总有一个人能腾出更多的精力用以关注孩子的成长。而将两个人的责任推卸到一个人的肩上，那肩膀再坚挺，恐怕也难担重负。

我经历过自己婚姻的最初疲惫期，我有一种信念，我拒绝我的孩子再经历我的童年。就这样，我们走过来了，我相信我们还会坚强地走下去。幡然醒悟，实在是孩子成全了我的爱，实在是孩子完善了我的幸福，而我会将全部所得用以报答我的孩子。

我要自己健健康康，我要自己安安全全，我要自己美美满满，唯如此，我的孩子才真正拥有属于他的自由而了无牵挂。爱，在此是一种真正意义上的解脱，我们的爱不再是那根牵绊，我们的风筝才生出活的翅膀，在他渴望的天空轻松地翱翔。

我会珍惜我所拥有的，
但我不会吝惜我所失去的

尽管我曾一而再再而三地阻止离婚，但说到我自己，我一样不敢保证能和我先生相伴永远。今天的社会，一切不可能的事件都有充分的理由成为可能。男人和女人之间的事更是捉摸不定，所以还是别给自己的后路堵上为好。这不是狡猾，而是负责任。

我为家人所付出的，都是我渴望付出的。我不介意是否有一天这一切会付诸东流。因为我在爱别人之前，首先是爱自己的。我执着地认为爱别人其实是爱自己的一种超常表现，如果我不能收获什么，我也不认为我会失去什么。

一直以来，人们愤愤不平的理由是，为他人付出太多，而忘记了自己。这是不聪明的。因为在爱着的时候，几乎所有人都声称他们是心甘情愿的，而所有的愤恨都来自事后，这就很没意思。

时间是流动的，时间长河的无情力量能够把一切都化为乌有，无论曾经是美好的抑或是痛苦的。

我不敢保证我婚姻的前途，但我敢保证自己能够时刻清醒地面对一切不可避免的冲突。我曾十分无聊地和我先生做这样的口头游戏。我问他："如果有一天，我刚好在餐厅遇见你和你的情人，我会怎样？"他想都没想就说："你会和她握握手，然后转身就走。"我说："对了，知我者，你也。我还会对她说，把他交给你，我放心了。"

我先生对我的这种把戏早已司空见惯，但我知道这对我对他意味着什么。我希望他知道，我会珍惜我所拥有的，但我不会吝惜我所失去的。

四十余年的人生，我付出的最大努力是让自己真正在心灵上独立起来。我曾试图摆脱我父母的不幸，而今我在摆脱对丈夫的依恋。因为我知道，一个人真正的成长是要以一颗独立的心来实现的。在这种独立中，你才可能做最客观的判断，最合理的选择，最理智的决定。人生也会因之而远离恐惧和痛苦。

我还知道，我接下来的努力是要摆脱我的孩子。因为，我必须给他充分的自由，才可能让他的心灵健康地成长，他应该以独立的个体享受属于他的人生的充足的阳光。

叁

我们的日子

在我日积月累的情感体验中，

对浪漫的理解，竟变得愈来愈浅显直白。

男女共济的日子，

如果能达到双方共同的身心放松，足矣。

如果所谓的浪漫仍必须以某一方的不懈努力为代价，

那或许得不偿失。

在他最落魄失意时，我决定嫁给他

我们那个时候的女孩在一起，说到找男朋友的条件，无非就是三点：长相、身高、家境。但那时候所指的家境，就是不找农村的。但是我没有，我一直都没有这个框框，我一直觉得能打动我的，起码不是这三条。

见到我先生之前，他已经是我们那个城市里的名人了。他从大学退学，去办企业，那时候其实我是不能接受的。所以即便周围有好友一再介绍我们认识，我也一直都没有上心。

后来，朋友带我去了他们在郊区办公的地方，偏巧天又下起大雨，我平时除了家就是学校，很少乱走，又是郊区的地方，我自己根本就回不来，而朋友一门心思要我等外出办事的先生回来。

于是，在一个大雨滂沱的日子里，有了我和先生的第一次见面。那次见面，距离我第一次听到先生的名字已经好几年了。

那时候他们都说他矮，我见到他，确实也觉得他比我想象中的还矮，但是他一下子就吸引了我，是他讲话的方式，我特别喜欢聪明的男人。我一直觉得我先生最初打动我的就是他讲话的方式，他讲话就让人感觉他是特别睿智、特别聪明的人。年轻的时候，他最吸引我的，比如我们坐火车，两个小时，他坐的地方周围就围一群人。当年我就感觉他很不同，所以其他的事情都没有想过。

最可笑的是我不知道他家是哪里的，父母是做什么的。我跟他恋爱半年，从没问过，他也从未跟我提起过。我父母竟也从未问及这个问题。

其实我是在他事业最好的时候跟他认识的，却是在他破产的时候决定嫁给他的。那时他负债四十万元，公司几十人一个月之内都走了，那种情况下，他有些关键的技术人员需要去拜访，我就跟他去。我记得很清楚，从最后一家出来，他跟我说：你还年轻，你等我，我要去南方，我再去奋斗三年，我要是能回到现在的状态，你就跟我，我要是回不来，你就再找。他的这番话让我非常感动。我回去跟父亲沟通了当时的情况，把他的现状告诉父亲，我父亲说：我的女儿不能在人家最好的时候跟人家好，在人家落魄的时候离开人家。在父亲的支持下，我决定跟他结婚，婚后他去了珠海。几个月之后，我也随他南下。

他越洋求学，我下乡养儿

我婚后的前十五年，都是在先生的创业中度过的。我们生活始终不稳定。

我辞职回家时，我们已经有了一小笔积蓄，那是我们在特区几年打拼的收获。

我按最简单的生活开销算了笔账，基本可以保证我在家陪儿子度过零至三岁。可是，即便在这三年里，我还是不得不面对先生事业低谷所造成的生活压力。

1997年，我鼓励先生赴美发展。此时，我其实已经没有条件留在家里了，那个时候，我动摇过，在回归职场和继续在家之间彷徨了好一阵子，可我太喜欢自己选择的这种生活方式了，我舍不得放弃。为了降低开支，我带着儿子回到了湖南乡下，和公公婆婆生活在一起。那段时间，乡村的空气和水、乡村无拘无束的生活，恰恰是孩子成长的天堂，而每个月大大小小的开支则可以缩减到二百元。其中，包括我可以坐一个小时的船到县城里看一场八元钱的《泰坦尼克号》。

先生的旧皮箱

我先生出国前的一段日子，我们时常相对无言。我几次下班前打电话到他的写字楼，问他是不是可以去买皮箱，他往往以一种茫然无措的语气说：“不急吧。”他不急，我也就不急。尽管仍忙于为他做这样那样的准备，两个人却心照不宣地避免谈皮箱之事。

可是行期将近，皮箱之事在所难逃。终于，我独自一人心情复杂地穿梭于各大商场的箱柜之间。那是一种难以言喻的心绪，往往一只似曾相识的皮箱便会勾起我一连串或温馨或阴郁的回忆。

我想起多年前的那个冬天，他被应允搬来我父母的家居住，那是一个寒冷的黄昏，他吃力地将一只陈旧的老式皮箱搬来，他说这是他全部的家当。将那不堪的人造革皮箱展在地毯之上，除几件破旧的衣服，竟全部是信件和凌乱的照片。那之后数日，我埋首皮箱之中，为他清理所有信件，他不为我知的过往岁月，便一览无遗地展现在我的眼前。

他十六岁就提着这只皮箱离开了家，十几年过去了，是这么一只皮箱伴他游过了湘江边上的四季寒暑、蜀巴山区的三度春秋，又漂泊到我住的城市，而今泊进我的家。体会他近三十年的人生滋味，我有说不出的酸楚。

婚后不久，他携我在一个并不特别的假日午后去城市最大的商场购置皮箱。那一次，他买了两只皮箱，我们装满各自的衣物。他像一个不容分说的强盗，将我从母亲的身边掠走。接下来的若干年，在他，家由一只皮箱、两只皮箱陡增为数只皮箱，而大部分塞满了我各式各样的衣物。他往往无可奈何地摇头，满脸写着：女人麻烦。我则尽管有疲惫之感，却仍心甘情愿地随着他南来北往，做着各种各样的大迁徙和小迁移。

再后来，我们又多了一只装尿布的皮箱，迁徙的队伍在日益壮大。我常常告诉故乡的朋友，我们是都市的“游牧一族”，若干年来，我为无数情愿或不情愿的迁徙支付着我的精力与耐力，而任何环境，无论是优越还是恶劣，我都必须保持万般的兴致，才能做到乐此不疲。我因此而理解了丈夫那只旧皮箱的意义。

而今，当年的新皮箱也沦为旧皮箱了，我仍对它们充满爱意，掀起和落下的瞬间，是光阴荏苒、青春不再的感叹，也是喜乐悲怒的乍然重现，它们是我五味人生最直接的见证。

当我再一次徘徊在箱柜之间，我认定生命是一种大小轮回的交相迭至。想到他此番远行指日可待，一人一箱，在他是轻松了还是沉重了，不得而知，在我有一种宿命之感。他注定是漂泊之人，将自己交给他，也是交给同样的一种命运。由此，我由最初离家时的娇嫩而一跃为现今的经风见雨，也算是人生的一种饱满的收获吧。

而令我踏实的，却自始至终是我的皮箱。它们默默地和我们承受着生活的磨砺，无怨无悔，它们是我永远的家。

恰到好处的姿态

我先生从前的女友数年去国离乡，一朝回国，便将电话打到我珠海的家。

我记得那是晚饭后，我如常地坐在电脑前“噼噼啪啪”地写我的东西。电话铃响，我先生去听，未久，他表情怪异地站在我房间的门口，问：“你猜是谁？”

我摇了摇头，继续我的工作。“是Z。”他一字一顿。

“是吗？回来了？”我淡淡地回应，仍专注地盯着屏幕。事后我为自己的反应大大地骇然。

在我们婚后的最初几年，我一直对一封封大洋彼岸的来信心有余悸。他曾相当深情地谈起过她的才华，那多少令我有些不平。

后来，他索性将他若干年的信件让我一并保管。我从中筛出了那女孩的清丽文字，将其按年月排列，然后细细阅读，他们之间的离合、喜怒也便跃然于脑际了。

偶尔，我用她信里的话调侃我先生几句，他据理力争，我吆喝着查找资料，他就垂下头，一副听天由命的架势。有时会觉得这多半对那女孩不敬，我将她深埋的情谊如此一览无遗，她恐怕怎么都无法想见的。或许她更渴望昔日的男友将自己深埋心底，永世珍藏，她根本不会想到初恋时的悲悲喜喜而今竟展于一个陌生女人的股掌。

她婚后就少有信来，不知道她是否也向她先生坦言从前的恋情，反正时间在两个家庭生儿育女的忙碌中匆匆而逝。若干年过去，她回来，几经打听得到我们的音讯，不外想听听那久别的声音。对此，我冷眼静观，或许也是恰到好处的姿态。

我多少可以想象她的心情，数年来纠缠在家事中，再完美的丈夫也不过如此，再完美的生活也习以为常，唯一聊作安慰的，便是沉浸在怀旧的思绪里。我先生便如此派上了用场。

女人的爱是虚幻的，她要在非现实的土壤中生根开花。一切生活中的不如人意都可以在想象和回忆中打发掉，而我完全有理由不把她心目中的那个男人和我身边的这个男人当作一回事儿。我守着的是我的现实，她守住的只是她的梦。我没有理由去碎她的梦，我只有理由好好打点我自己的现实。

至于男人有没有梦，尽管我不得而知，但我始终知道今天的男人个个“有点儿烦”，而靠梦打发日子的男人，恐怕不在多数。首先我相信在我先生的心中“养家糊口”是当务之急，至于其他，我不想过多操心。

所以，我便由着大洋彼岸的女人思来想去了。

有些事，男人并非真的不会做

我先生坚定不移地相信：一个家庭的前景是由经济基础决定的。曾几何时，他常常嗤着鼻子，对我的“小情小调”不屑一顾。在不得不买礼物送我的日子，一般也以经济实用为大前提。

记得那年，我生日临近的那段日子，我们的关系曾一度紧张，对于他的生日礼物，我想都不愿再想。生日那天，他刚好出差在外。恰逢星期天，我想就睡他个天昏地暗，以示给自己个纪念。不想，一大清早，他就有电话来，百般温柔地告知我，他并没有忘记我的生日，出差前，就委托同事代他为我买生日蛋糕和礼物了。那语气带着对自己所作所为的自鸣得意。我的心不禁一动，放下电话，也放下了全部的怨气，望着天花板，却又觉得高兴不起来。

我满怀期待地等候我的礼物，等来的却是他一遍又一遍的长途电话，他一而再再而三地询问，他的同事来了没有。我觉得他比我着急。

那天，不知是什么原因，年轻的小伙子似乎并没有将这件事放在心上，直到傍晚，才见他捧着一大束红灿灿的玫瑰冲进我家。

那一刻，整个房间仿佛布满霞光。小伙子一边喘着粗气，一边解释着这花的原委。说完，他便如释重负地走了，甚至没有道一句“生日快乐”。

我知道我没有理由强求他。电话铃又适时地响起，我抱着那一大束玫瑰呆呆地坐在静谧的房间里，窗外漫进淡淡的昏暗，整个房间弥漫着浓郁的芳香。我没有去接电话，这一天，我已经接了无数的电话，精疲力竭。此时此刻，我只想享受这浓缩的温情，我突然惧怕哪怕是一声问候都可能破坏情绪。这不单单是因为它难得，更重要的是它让我找回了一种心情，它很美，却一直很远。

我不想去追究，这一大束玫瑰究竟是我先生的主意还是那年轻人的鬼点子。这件事令我幡然醒悟：有些事，男人真的并非不会做，而只是疏于去做。

我想象得出，如果有一天，那代我先生送花的小伙子也做了丈夫，他也未必会送花给他的妻子。他会想：玫瑰很贵，差不多可以买一个月的面包呢。

而那小妻子是在渴望面包还是玫瑰，我不得而知。

我只知道坐在我二十九岁生日那个淡淡夜色里的，曾经是一个不知所措的小妇人。

懒得浪漫

在我们的生活中，有很多事是常常挂在嘴边，却含义并不明确的，比如说“浪漫”。

一句温柔的话语，一节上口的情诗，一封情意缠绵的书信，是不是足以够得上浪漫？一顿烛光晚餐，一束玫瑰，加上脉脉含情的目光，是不是让人顿生心旷神怡的浪漫？一个意外的惊喜，一场激动人心的舞会，一回开心的旅行，是不是情侣们向往已久的浪漫？

我不确定。尽管我不得不承认，在自己的情感深处也曾久久地渴望过上述种种的浪漫形式，也为曾经发生在情感生活中的某些事件深深地感动过，但是到了今天，我确定自己已经不在意这个层面上的所谓浪漫了。

如果说仅仅上述内容才够得上男女之间的浪漫爱情关系，那我们今天的生活可以说已经被浪漫远远地抛弃了。

我们今天的生活已经到了可以虚度假日却毫无愧色的地步，吃穿讲究简单却毫无怨言的地步，以默契省略言语却无以指责的地步……在浪漫之人的眼里，这日子恐怕真要到头了。我们却不以为然。

整整八天的假日，我和先生窝在家里，他睡他的懒觉，我忙我的家务。晚饭后相携着出去散散步，就算附庸“浪漫”的风雅了。

在我日积月累的情感体验中，对浪漫的理解，竟变得愈来愈浅显直白。男女共济的日子，如果能达到双方共同的身心放松，足矣。如果所谓的浪漫仍必须以某一方的不懈努力为代价，那或许得不偿失。

我们这一代人没有得益于传统的浪漫教育，一切浪漫的想法和作为，并没有深入骨髓，习以为常，而是必须以刻意的提醒和不懈的努力为前提，所以做起来不自然，享受起来也未必心安理得。与其这样，就不如随心所欲点儿好。

至于有人心甘情愿地提升自我修养，则另当别论。怕就怕他们心不甘情不愿，却被逼无奈，最终只剩下一味讨好。

今天看来，大多数中国男人需要的往往是散漫而慵懒的家庭生活。在家里，你不要求他正襟危坐，保持所谓的君子风度，额外再纵容他睡睡懒觉、看看闲书和快速转换电视频道，他们好像也别无所求了。

如果女人执着于浪漫的生活情致，偏又找不到共鸣，失落定然难免。但久而久之，懒得浪漫的心情会缱绻而来，没什么大不了的。生活就是这样，既来之则安之。他要什么就给他什么好了。

懒得浪漫，化解了很多夫妻之间的愁怨，日子便安静下来，尽管男女之间最佳的结合状态是双方积极地改造自己，以求对方的满意，但退而求其次，彼此之间的忍耐，也尚可保持生活的一帆风顺。一想到斗争的结果往往以两败俱伤收场，在浪不浪漫的问题上，我主张消极为好。

“我的事情你什么都想管！”

婚后第十二年的某一天，我先生突然怒不可遏地对我说：“我的事情你什么都想管！”我霎时惊愕得无所适从，要知道这还是头一回看到他的“狰狞”，但很快一种特别的恐惧感掠上心头，恐惧的真正理由倒不是他终于在我面前“凶相毕露”，而是我自己内心深处非但没有产生丝毫的不悦，反而有如释重负般的轻松感。

那之后，我花费了相当长的时间来探究我的这份个人感受，我发现原本女人管男人其实也未必是刻意而为的，它源自一种本能的责任感，正像约翰·格雷说的："当女人爱上男人时，她们觉得有责任帮助他成长，并帮助他改善做事方式。她组织一个'改善家庭委员会'，男人便成了她注意的焦点。不管他如何拒绝她的帮助，她都坚持等待任何帮助他的机会或告诉他该做什么。"

女人的这种喜好，就我个人来讲不是轻松的，它花费了我大把的美好时光和智慧。但以这种费力不讨好的结果收场，我尽管始料未及，却也不想怪他，要怪只怪我咎由自取。

我忘记了格雷先生下面的话："她以为她在教育他，但他却觉得被控制了。"我知道被控制的感觉是什么，我没有理由说，他爱我就在于他给我充分的自由，而我爱他就在于我充分地控制他的自由。"己所不欲，勿施于人"，我自认为这是自己为人处世的一贯准则，但在夫妻关系上，我疏忽大意了。

我决定不再管他，看他到底能舒服到哪儿去。这一决心下得不易，然而决心已定，我自己先就舒服了起来。我不再忧心忡忡，也少了很多的口舌。他的一切，我视若无睹，高高挂起，我一心一意地管好自己和儿子。我的生活竟一下子简单起来。

当我发现男人和女人之间竟还有这样一种和平共处的方式时，我的生命中出现了一道从未有过的曙光。

如果爱一个人可以以如此简单的方式，为什么还要扯出那么多绵长的遗恨呢？我发现我们有时用一生的时光去探求的答案最终仍不得要领的根本原因是，我们最初就把事情复杂化了。

爱的最大误区是，你所给予的其实是他或她并不需要的。这就比较麻烦。我用了十余年光阴终于懂得了我先生需要的究竟是什么，这令我有庆幸之感，但我仍旧存有疑虑。我疑虑的是，他是否真的已经明确了自己想要的，否则，失去了才觉得它宝贵的痛苦，会令他一样怒不可遏。

“马放南山”之后

我先生在他自认为“马放南山”的若干天之后，终于又对我说，其实他也只是想一年三百六十五天有两天自己管自己，我说其实你一年三百六十五天自己管自己都没人计较。他说，你还是领导我吧。我说，你还是好自为之吧。他就装出一副既可怜又沮丧的样子给我看。

我觉得现在的男人真是变得越来越精明了。他们试图把所有的聪明才智用来打点“外面的世界”，至于“后院”，他们以为装得越“傻”越“聪明”。

我不否认女人希望在男人眼里变得聪明起来，但我也不能否认，其实大多数事情上聪明反被聪明误。女人的自以为是要不得，但在男人的纵容之下往往愈演愈烈，然后，他们一拍胸脯，很是大义凛然地说，其实他们一直都在忍受自己的老婆。他们也可能万般凄惨地向他们的情人倾诉，他们实在是忍无可忍了。

这个世界在男女关系上越来越倾向于“谁怕谁呀”。老婆认为只要把住“金钱”这道关，老公尽可以“爱谁谁去”。老公认为自己将大部分所得已经上缴，足以让自己的一家老小丰衣足食，也就“爱谁谁了”。

在家庭关系中，女人的权力欲的确比男人强，这或许和她们在社会中受排挤有关，家庭如果能够适时而有效地校正女人的心理失衡，她有可能朝健康的方向发展自己，否则她有患“歇斯底里症”的危险。

其实在任何环境中都谈不上绝对的民主，政治上民主来民主去，到底还是要争个领导权的问题。家庭中同样不例外，只不过它衡量权力的标准是谁更接近人之常情。所谓家庭中的民主只可能出现在那种夫妻双方都是超常的通情达理上，即便是这样，具体在某一问题上，也还有一个谁主谁次的纠结。

我自认为比我先生在人之常情上受过更系统的家庭教育，所以，我觉得自己理所当然地应该主宰我们家的方向和命运。在若干年的家庭生活中，他也一直抱着无为的态度，全凭我台前幕后地张罗。我知道我以劳苦功高自居的过程，也是我脾气渐长的过程，所以，凡事我喜欢掰开了、揉碎了做批评与自我批评，但还是没能幸免“母夜叉”的下场，这是我始料未及的。

夫妻之间的过于亲密使得彼此无法掌握更恰当的度，具体到究竟哪些该管哪些不该管上就更难，它往往导致一方舒服的同时，另一方恰恰不舒服。

其实追究起来，夫妻之间即便只剩下一点点旧情了，他的不舒服，也不会让我舒服到哪儿去。就像此刻的我，再怎么深刻地认识我先生，到头来，我还是不忍心听之任之地不“拉”他一把。

结婚纪念日，
我们在病房里度过

在上海的第三年，儿子即将参加中考，而这时我却被诊断出乳腺肿瘤。

手术的时间定下来后，我给先生打了一通电话，这之前，生病、检查的事我都没有告诉我的任何家人。我只是很平静地告诉先生，我要做一个小的手术，当天就可以回家。先生要陪我，我的第一反应却是拒绝。

当时我有一种感觉，或许是不习惯，也或许是不信任。不习惯是因为结婚二十多年，家里所有的问题几乎都是我自己一个人承担，我并不要求他帮我承担什么，生病这件事如果多他一个人，反而会给我多增加一份负担；不信任也是因为这二十多年来，先生从未对我或者儿子有过任何生活上的照料，他会如何照顾儿子和我，我实在是心里没底儿。

照顾儿子的工作我最终还是安排给了弟弟。他是个很会生活的人，这些年来，先生因为工作的缘故总是缺位于家庭，弟弟一直是我生活上的依靠。他那时候单身，工作也比较清闲，我就顺理成章地请他帮忙照顾即将参加中考的儿子。

弟弟的航班是在我入院当天的晚上9点到上海，也就是说，儿子的晚饭没了着落。于是，我上午就入院办妥了所有的手续，用半天的时间做完了当天的检查。下午4点，我向医生请了两个小时假，回家给儿子做晚餐。

做这一顿晚餐，一方面是因为我一向都非常重视孩子的饮食，另一方面是第二天的手术其实我自己心里是有最坏的准备的。

那天晚上快12点先生才赶到医院。那一天，恰好是我们结婚二十年的纪念日，我们就这样在医院里度过。

二十年来先生
不为我所知的另一面

这一次生病，我还有一个意外之喜（瞧，我总是愿意看到事情好的一面）。我发现了先生二十余年不为我所知的另一面，其实他并非像他过往表现出来的那样粗枝大叶。住院手术和化疗期间，我先生执意亲力亲为地照顾我，没有麻烦过任何人。他给我梳头、喂我吃饭、帮我洗漱，有时候，看着病房里转来转去的这个男人，我会有一种陌生感。要知道，这个和我生活了二十年的男人，可是不曾烧过一餐饭，不曾洗过一只袜子啊。

我的主治医生私下里对我说，当他告诉我先生我的病情时，他竟无法自制地泪流满面。那以后，我的脑海里一直萦绕着一句话："先予后取。"当我们"予"的时候，最少想到"取"，其实才有最大的可能收获意外之喜。

我出院后，对我先生说："如果真的为我好，就帮我做两件事：第一，回去工作（那时我和儿子在上海，他在北京），我要我最亲的人按照既有的生活方式继续，这样给我的压力其实最小；第二，我要自我疗伤，尽可能帮我阻拦探视。"就这样，先生去工作，儿子去学习，我和一个阿姨留在上海，我的内心无比宁静，除了化疗期间需要住院，我的生活按部就班；除了头发全部掉光，站在镜前有一点点顾影自怜，我的日子似乎没什么特别之处了。其实人生就是一次长途旅行，阅尽风景才算饱满。

我相信科学，我相信而今人类对癌症的征服正突飞猛进。而我更喜欢我的主治医生的比喻："癌细胞就是我们身体里的坏孩子。"既然"坏孩子"不期而来，那我愿意拿出足够的耐心调教"他"，像调教一个顽劣的学生。最终，不管是"他"战胜我还是我战胜"他"，重要的还是这个过程，"他"是我必经的一段行程！

让我们活在彼此的心里

过去的二十三年，我和先生聚少离多。我们是最典型的那种父亲和丈夫“缺位”的家庭。可是，我努力做到一点：让我们活在彼此的心里。我曾经对先生说过：“你知道哪里是我的家吗？不是这个大房子。”我指了指他的胸口说：“我的家在这里。”更准确地说，当下我们家庭成员的缺位不是身体层面的缺，而是精神层面的。有多少父亲母亲在位的家庭，上演的还不是貌合神离的丑剧？

给先生写信，是我日常生活的重要部分。我和他无话不说。他说我的信就是他的精神鸦片。他当然没有时间给我回信，其实是对自己的文字能力不够自信。他给我打电话，不停地给我打电话，每天都很多，无论我在国内还是在国外。

儿子上初中以后，我反复对先生强调这个阶段父亲之于一个男孩子的重要性（更重要的是父亲的精神力量是男孩子一生的支撑）。后来，我先生终于开始和儿子通信了。儿子在我的敦促和监督下，每个周六都会给老爸写一封信，谈一周内最重要的事件和感受，我也督促先生百忙之中必须回复。先生会将写好的信先发至我的邮箱，由我来修改后打印出来，在周五的晚上交给儿子。有时候，他实在没有时间，我就会代笔，写罢发给先生添加他想说的内容，再给儿子。

通信这种古老的交流方式，在现代通信工具的支撑下，变得更加便捷和通畅。其实，我们有很多弥补“缺位”的方式，重要的还是看我们是不是真正在意彼此，物理距离始终都不是人和人之间真正的障碍，我们的障碍是我们忽略家庭角色的重要意义，我们不肯在这份责任上下功夫。

肆

与夫书

只有给你写信

是我最理想的一种写作状态，

我很放松，思绪飞扬。就像和你并排躺在床上，

眼盯着窗外淡淡的月光，

像个巫婆那样絮絮叨叨，管你爱听不听。

Dear 佳梁:

我今天没有听你的，还是决定去儿子夏令营的营地接他回来。其实结果是我料及的。我想好了要尊重他的意愿，如果他想留在那里，我是不会勉强他回来的。然而当他真的表现出不愿意和我回家时，我的内心还是生出一丝酸楚。

当他小小的身影跟随老师渐去渐远，我很失落。我曾经在你的身上体会过这种感情。当我还很年轻的时候，我把我自己和你拴得很牢。我从不知道我是我自己，而只认定我是“我们俩”，终于有一天，我不得不面对和承认，我永远不会，也不应该将自己强加给你，那种占有欲是可耻的。我必须承认经历了一个漫长的过程，才将自己从你的生命中剥离出来，我也必须承认那是一种内心的挣扎。

而今，即便不能和你朝夕相处，我也能承受。我相信我的独立，一种真正的内在独立，让你也还原为一个完整的自己，你应该是轻松的。我们彼此恰到好处地给予对方足够的空间，距离让你我的生活摆脱了琐碎的烦恼。

但我必须承认，这些年，我对儿子细腻的照顾，又让我将自己的一部分下意识地转嫁给了他。我已经醒悟到这不好。我想儿子同样需要他自己的生存空间，年龄越大越强烈。这也是我试图以夏令营的方式拉开我们彼此距离的初衷。但它的确不易，这种不易是一种牵挂的痛。

当儿子能够独立地适应全然陌生的生活时，我的自豪感油然而生。我本该相信过去的十年我们或潜移默化或刻意而为的教育方式，它足以让一个孩子应付全新的环境。

你回来一个晚上又一个白天，尽管一个白天你安排得满满的，不是和我单独相处，我不介意。我已经习惯了。接下来我要努力去习惯独自面对生活，我必须学会在孤独中寻求真正属于自己的乐趣。

晚上，我读新近买到的一本卡夫卡的书《致父亲》。这是一个天才作家对他曾经遭遇的童年教养方式的控诉，但无论那曾经是一个多么残暴的父亲，天才的诞生的确得益于那样一种残暴的方式。

我留意到“导读”中的一句话：“教育方式与教育结果之间似乎没有严密的关联。”尽管它有悖于我的思考，却道出了教育过程中那一切无法预料的“变数”。所以，对于儿子的未来，你我可能都要保持平常心。

晚安！

妻

2005年7月31日夜，刚刚有雨

Dear 佳梁:

写作间隙，我坐在餐桌边饮一小杯茶，随手翻开昨天的晚报，读到有关张朝阳的报道。得知“搜狐”组织了一个美女团，由张朝阳亲自带队前往西藏登山。我一直欣赏张朝阳的才干，但我从来不敢奢望嫁给他那样向往时尚的男人。我同样不奢望我的儿子成为张朝阳式的英雄。这些IT精英往往让我生不寒而栗之感。我常常将他们想象成“黑客帝国”中的理想人物，我们的现实生活是如此平常，粗茶淡饭，容不得异想天开。我希望我的儿子不必和美女一起爬山也能体会生活美妙的快乐。

但我必须承认，我喜欢这些风云人物的高谈阔论。就像在这堆不起眼儿的文字中，我听到这样的声音：“儒家的影响使得中国的女人从小受的教育就认为，女人要找成功男人。但男人成功了就会不专一。所以应该把这些恢复到一个比较原始的判断，一个男人可以不成功，可他作为雄性动物的力量美和外形美足以吸引女性。但现在我们都受着拜金主义的影响，导致一个长得很好的男孩，如果他事业不成功，他就变成不美的了。而一个长得很难看、大腹便便的男人，因为有钱反倒成为女人寻求安全感的对象，这是不合理的。在美国受的教育就让我的价值观多样化，比如人们可能对警察、消防员或一个身材很魁梧、性感但没钱的人产生爱情。我觉得在商业社会，女人就不要再幻想有一个成功又帅气的白马王子了。”

我觉得这些信口开河挺可爱。换成我是坐在他对面的女记者，我一定会冲口而出：“那么你看到多少具备力量美和外形美的中国男人还‘待嫁闺中’？又有多少成功男士是少年得志？多少太太坐享其成？”我想说的是，中国女人的爱情也多半从伴随一个“穷光蛋”开始。

在他的长篇大论中，或许我只相信那句“男人成功了就不会专一”。因为我相信即便张朝阳真的不了解中国女人，他也一定是了解中国男人的。

我因此想到我的婚姻生活。此时此刻，儿子不在我的身边，我无法想象他的夏令营生活，只要他快乐就够了。你一定在忙，忙那些没完没了的事务，婚姻生活也无法拦住你。

此时此刻，当我完成了一天的写作，我很满足，也很充实，我从不顾影自怜。

忘记告诉你，我今天的文章题目是《寻找快乐》。正因为我看到太多的人无从找到快乐，我才试图通过自己微薄的力量帮助孩子搜寻快乐的途径。

不多说了，我要出去散步，太阳已告别天际，万物迷离，我喜欢这样的时刻，尤其在充实的一天即将过去的时候。

你在忙什么？

远离你的我

2005年8月2日

Dear 佳梁：

沈阳今天下雨了吗？北京下好大的雨。昨天夜里被雷声惊醒，爬下床，关好所有的窗，就再没睡好。不是因为怕，是因为雨声太吵。或许还是有点儿怕。

我想着如果雨一直下，天亮了我就早早起来出去逛逛。我实在是喜欢这样的天气，阴郁和空旷让我心生一种说不出的美好感受。我不大清楚这是为什么，不记得是否儿时雨天曾和哪些美妙的情境紧密地联系过，但深刻地记得是在雨天认识你，你我之间几件值得记忆的事情似乎都在雨天发生。我记得有一次你哄我说：“雨天是我们的幸运日。”或许吧。

早晨，雨依旧在下，没有丝毫停歇的迹象。我收拾收拾就出发了。我从不犹豫钻进雨里，哪怕雨再大，那风雨无阻的架势恐怕会让周围的人感到莫名其妙。我决定去“前门”，为一件可有可无的事情。往城铁站的那条路，是我最熟悉的，也最喜欢。雨打落了无数片榆树叶，它们在脚下任行人践踏。有时，我会觉得留恋一座城市，其实就是留恋那么一两条走惯了的路。

我看见一只可怜的鸟拖着潮湿的羽毛沉重地落在红砖路面上，行人近了，又筋疲力尽地起身。我想鸟一定是不喜欢雨天的。除了能洗个冷水澡外，别无好处。当然这是我看鸟。鸟们做何感想，显得高深莫测。

眼前的这只“落汤鸟”却让我想起了上海的日子里儿子和他的那两只鸟。我曾经有感而发地问过他：“如果你是鸟，你喜欢在笼子里生活，还是返回大自然？”儿子不假思索地回答：“当然是在笼子里，不愁吃穿。大自然里太危险了。”我没有为儿子的回答而失望，尽管我们常常渴望的答案与“自由和勇敢”相关。但事实是，我们哪一个人不是在渴望一个笼子，一个或大或小足以提供我们安全感的笼子！

上海的日子里，儿子的两只小鸟的结局是：当我们离开前，决定给予它们自由。可是我清晰地记得，笼门打开了几天，两只鸟依旧守着它们已经习以为常的家，最后，一只鸟走了，另一只是我们亲手抓它出来放飞的。当时，它那瑟缩的样子，就如同雨中的这个小家伙。

此刻在雨中想到这一幕，我突然有一种醒悟。我们每一个人都经历了一个竭力逃脱鸟笼（父母的家），又努力为自己创造鸟笼（自己的家）的过程。我们的生活如此，我们的精神也如此，年轻时我们企图摆脱束缚，年纪渐长却渴望归宿。

最近，我读林语堂的《从异教徒到基督徒》，才得知他生在一个中国牧师的家庭，但若干年里他却在试图摆脱基督教的纠缠，从书名，我猜想后来他的归宿仍是回到耶稣的家（因为还没读完）。

恰好正在读的另一本书是卡夫卡的《致父亲》，它阐明了我的鸟笼理论的前一部分内容。卡夫卡恐于父亲的淫威，童年的全部理想就是逃离父亲的家，然而多少有点儿滑稽的是，他一直认为只有结婚（也就是有了自己的笼子）才能谈到和父亲的平等。他这样写道：“我想象，结婚以后我们之间就会出现一种平等关系，比起其他形式的平等来，这种平等关系您最能体察了，这确实是一种十分动人的情景。”

瞧，卡夫卡为自己造笼子的心情是多么迫切。然而，他很不幸，他的“造笼工程”屡屡受挫。关于卡夫卡的婚姻，我在以后的信里会专门讲给你。

家是所有人情愿或不情愿的笼子，我们的笼子，在我的眼里，是一个既锁不住你也关不住我的地方，我们还给彼此留下一片放飞灵魂的天空。这是十五年前的那个雨天带给我的幸运。在同样的雨天，我心生感动。

因此感激你。

一个在雨天神思飞扬的女人

2005年8月3日

Dear 佳梁：

我觉得还没有对你说完昨天的话——

早晨——下雨了——我决定出门，对了，是去前门大栅栏儿。

瞧，那只雨里的小鸟让我拐了弯儿。其实特别想告诉你的是我的不快，这不快是大栅栏儿给我的。

在北京生活这么多年，眼见着整座城市日新月异，本该和北京人民一样欢欣鼓舞的，可在我的内心却总是觉着有很多不对劲儿的地方。看着我喜欢的几个去处一个个变得面目全非，我很不快乐！

你一定不以为然，我记起了那次我们在二环内遭遇塞车时你的愤怒。你指着那些老房子慷慨激昂地说：

“这些破玩意儿早该拆了。”我知道那一刻你巴不得整座城市只有马路。

那一次，我们好像是回东煤厂，直到走在胡同里，你的气还没消，你对着那些青砖绿瓦，一副气不打一处来的架势。我和你不同，北京值得我留恋的正是那些青青的墙，那些窄窄的路，那些从静谧之处却可听到以往喧嚣的去处。

大栅栏儿就是一个这样的去处。可是昨天在雨中，我看到了什么？两条宽阔却不成形的马路将前门大街拦腰截断，我突然体会到这条古老街道的痛，我的耳边响起的不再是以往的热闹，而是一阵阵呻吟。我始终相信城市是有生命的，她的每一条街道都是她的血脉，当然有主动脉和许多细小的静脉，我们能做手术的应该是那些不伤筋动骨的部分，而不是那些致命的动脉。从大栅栏儿到天桥是一个故事，一个绵延的生命存在。

然而，两条奇丑无比的现代马路将她紧紧地捆住，一条捆的是两臂，一条捆的是双腿。这个“老妇人”再也不能动了，便由着这里成为一个所谓“美容美发”用品的大集市。瓶瓶罐罐给我的不是对美的期待，而是怨怼。我想替“老妇”掏走所有这些自欺欺人的玩意儿，但我知道除了愤愤不平，我无能为力。

好在建设银行和邮局所在的两栋老楼还有，它们像是“妇人”的两只干瘪的乳，带着余温吃力地起伏，证实生命的一息尚存。

我很多愁善感，是吗？如果你也刚好读过林语堂下面的文字，你就不会责备我看见前门大街被改造而大惊小怪了。

住在北京就等于和真正的中国社会接触，可以看到古代中国的真相。北京清明的蓝色天空，辉煌的庙宇与宫殿及愉快而安分的人民，给人一种满足及生活舒适的感觉，朝代已经改变，但北京仍在那里。有卧佛睡在西山，玉泉山射出晶莹的喷泉，而鼓楼使守夜者警醒。人何求于上帝？有了生命的恩赐，人在地上还能求什么？北京，连同它黄色屋顶的宫殿，褐赤色的庙墙，蒙古的骆驼以及长城，明冢，这就是中国，真正的中国。

如果有一天，我们再也无法从这座城市看到“古代中国的真相”，她就没有任何生命力可言了。如此大刀阔斧的城市改造，那个日子已经不远了。

除了向你宣泄一番不快乐，我束手无策。不管你喜不喜欢这座城市，我知道你是喜欢中国历史的。总有一天，你静下心来，我会一点一点地引你走遍这座城市中那些让我心动的地方，但愿那一天不要太迟，我担心你就要失去目睹的机会了。

中国历史始终不是一幅帝王将相的历史画卷，我喜欢的是那些“市井的画面”。在北京，我总能喜悦地找到蛛丝马迹。

一个愤愤不平的怨妇

8月4日晨补记

今天没有雨，所以我决定留在家里。还有两天儿子就回来了，还有三天我们一家人就可以在沈阳家里团聚。

又及。

Dear 佳梁:

你是知道的，这些年，我一直没有停止写作，然而我没有只字片语发表。我的生活远不如做记者那段日子热闹。我想我必须告诉你，我非常感激你从没对我丧失信心，你总是对你太太的才华坚信不疑。这无疑是对我最大的鼓励。

今天，我终于可以告诉你，这些年，我一直谨小慎微，我对我的文字越来越吹毛求疵。沉寂的日子让我看清生活的本来面目，我渐渐希望自己能够尽量准确地倒出真实的感悟。我在努力寻找属于我的写作方式、我的故事和我的节奏。

说来奇怪，只有给你写信是我最理想的一种写作状态，我很放松，思绪飞扬。就像和你并排躺在床上，眼盯着窗外淡淡的月光，像个巫婆那样絮絮叨叨，管你爱听不听。

今天的教育，值得谈论的话题太多。我竟一下子不知从何说起。我可以站在太多的立场上去评价它。我曾经是教师，我曾经是记者，我曾经是园长，更重要的，我现在是母亲！对于教育，没有谁比一个母亲更有发言权了。

今天的中国教育，处在问题泛滥成灾的时期。何去何从，在节骨眼儿上。

我常常有一种恐惧，仿佛我独自撑一条小船在洪水泛滥的江中，儿子坐在船上，他还小，还没有意识到灾难随时都可能降临。我撑得万般辛苦，却随时都可能有巨浪猛兽般吞噬我们的孩子。

我知道这洪水猛兽就是中国的教育现实。首先是对孩子的期待让一些家长丧失理智，其次是对金钱的期待让一些教育者丧失良知。在这个几近疯狂的环境里，最无辜的是孩子。

我不是没想过带孩子出国，以逃避这种不健康的状态。可是失去中国这个深厚的背景，对儿子来说可能是更大的损失。

所以，对于今天的教育，我们要学会依赖家庭。作为父母，我们要成为一个教育资源有效的配置者，替孩子选择有利的，剔除不良的。这有赖于我们的价值取向和标准。我们必须首先发现自己内心深处最隐秘的渴望和最有效的行为准则，我们才具备最基本的能力，替孩子暂且打理他的人生需求。

在以往的日子里，谈论关于儿子的教育是我们最热烈的话题，我们为他的成长兴高采烈。甚至每一次通过电话给你读儿子的作文，我都能体会到你的欢喜。我必须承认，作为父母，我们对儿子有同样美好的期待，但我必须时刻提醒自己，保持平常之心。

这些年，我对一个人成功的理解渐渐和以往有别。金钱和名望，对一个男人固然十分重要，但宁静的心才应该是我们每一个人最高的追求。

我深切地渴望我们能给予孩子的是一种价值标准，

这个标准可以更直接地让他找到一个宁静的去处。你又该说我“虚无缥缈”了。静下来，你细细品味，我们的全部奋斗究竟该在哪里稍事停歇？

你会说，是男人的责任让你无法停下脚步，言外之意，我做女人当然可以站着说话不腰疼。其实，我比你看得清楚：到了今天，你的烦恼，已经与金钱和地位毫无干系，你需要的是一颗宁静的心。我希望从你的身上找到儿子需要的，改变你是不现实的，帮助儿子还来得及。我们可以边想边做，边做边想。

雷声隆隆，又是一场好雨。你刚刚来过电话，听得出你在机场候机。

平安！

8月5日

Dear 佳梁:

在沈阳的最大收获是逛书店，当我关注国内有关家庭教育方面的图书时，不禁吓了一大跳，这类书多如牛毛，想找一本真正值得一读的并不容易。

回京后，正巧在晚报上读到一篇采访金丽红的文章，她是时下畅销书做得最好的编辑。她直言不讳地说："今天的作者不知道他们的书要写给谁看。"我就不停地问自己：要不要写一本不知道给谁看的书？

昨天，忙里偷闲，随手拿来沈从文的《湘行散记》读，才几行字就不禁深深地感动。我一直以为，20世纪初的那一代知识分子是最幸福的一代人，他们最懂得感情和生活，他们是将中国的传统和西方的智慧融会贯通得最为完美的一代人。他们的生活很精彩，让人羡慕。而我们这一代人的日子尽管好过，却远远地失去了一种情致。

“船在慢慢的上滩，我背船坐在被盖里，用自来水笔来给你写封长信。这样坐下写信并不吃力，你放心……”这是沈从文给他妻子信的开头两句。我为这文字所打动，十分羡慕长信那一头的女人。

于是，我合上书，给你写信。我记起夏天在沈阳时，我买到黄宗英和冯亦代的书信集。我躺在沙发上笑嘻嘻地给你读那些甜蜜的句子。你不笑，而是说：“现在你终于理解晶姨的感受了吧。”

说心里话，我还是不理解。我不能理解人到了晚年对爱情的那一种向往，居然可以找回一个女孩子情窦初开时的情怀。而黄、冯的那些亲密的文字，几乎让我大惊失色。

我偷偷地想过我自己的晚年生活，如果真的如你所料，你会走在我的前头，我就依赖这种写字的方式过活，直到和你在另一个世界重逢，我会带着给你的厚厚的信走。那将是一个女人一生的归宿。

我的眼前突然出现*The Lady killer*（《师奶杀手》）里的那个老女人。她将死去的丈夫的大照片挂在壁炉上面，然后每天守着它编织一些没头没脑的家什儿，然后絮絮叨叨地和那照片没完没了地讲话。我觉得那是一种美丽的活法，它需要以一生的眷恋为前提。我希望我也能有。

“你走了两天，便像过了许多日子似的。天气不好。”这是沈太太的信，多好！但于我，是奢侈的。

妻

9月16日的中午

（儿子早早地回，匆匆地走，说是“开会”！）

Dear 佳梁:

从今天开始，我每周二的下午都会给包括儿子在内的三个男孩子上写作课。他们三个的共同特点是，口头表达能力强，而且有着良好的表现欲望。在我看来，这是小学高年级孩子得以上好写作课的最基本保证。

我很在乎一个孩子的口语表达能力，因为它是书面语言的基础。我更在乎一个孩子表现的欲望，因为那往往是他得以对文学表达产生兴趣的根本。

除此之外，就我的观察，三个孩子都拥有丰富的想象力。儿子自不必说，NN的幽默风趣是他想象力最集中的体现。JH的话多得常常离题万里，这同样说明他思维的发散性。

我知道我能做和我应该做的就是给予他们最基本的文学元素和方法，启发他们对文字表达的向往和兴致，至于未来他们究竟各自能走多远，依赖的是他们每个人的天赋和勤奋。

一直以来，“作文”这个字眼儿都能让我想起初中时代的一个同班女生。她的作文写得精美漂亮，篇篇被老师当作范文，恰好班主任老师是教语文的，所以每个同学都能感受到女同学在老师眼里的分量。我的作文也不错，但达不到她那样，篇篇精彩。我也曾试图像老师夸赞她那样，制作一本厚厚的摘抄手册，但由于缺乏持之以恒的精神而中途荒废。我一直热衷于将脑海中那些稀奇古怪的东西以日记的方式表达出来，我甚至喜欢就在脑子里编一个离奇的故事或为一个陌生人想象一个陌生的结局。

今天，在文字功夫上，我已经将我的女同学远远地甩掉，不知道已近中年的她是否还能体会文字的乐趣。我却在文字中找到了我人生最终的快乐。

在我看来，恰恰是在追求作文成绩的优异中，夭折了我同学的文学天赋。太精美的用词，太完美的结构追求，是一个孩子学习文学表达方式的大忌。一个好的语文老师，鼓励的应该是思想，是想象，是兴趣，而不是形式，更不是模仿。

只要是一个感受力完好、智力正常、能够基本表达自己的孩子，他就一定拥有属于自己的语言体系，更深入地说应该是思维体系。写作应是一种训练，一种让孩子发掘自己思想隐秘处最奇妙一面的远征和探险。在这个过程中孩子的感受力、想象力和批判精神得以获得周到的训练。

而一个好的写作教师应该是这个探险队的开路者，他帮助每一个孩子开拓一条通向自己灵魂深处的大道，这是一条他们了解自身、了解世界的通道。

基于我对文学的感受和理解，我希望儿子能够通过自己的努力享受文学的乐趣，并因此找到自己的内在世界。

一节课下来，在“假如杜甫来到香山”的作文中，三个孩子充分表现了自己与众不同的个性。儿子的两首仿古诗，让我感叹不已。

前尘忆梦 · 见香山

长梦初醒如梦幻，疑是九天极乐界。
故见香山叶仍红，心中疑虑遍无寻。
或问吾等何惊奇？漫山红叶可答疑。

何为快活

前生饮浊酒一杯，今生得仰天长笑。
前生看夜长星稀，今生有红日相伴。
天知道快活与否，地通晓愁苦为乐。
勿问我何为快活，人与人不得知晓。

我将这两首诗用短信发给你，能感受到你的惊异与兴奋。夜里，你在电话中一再问："这小子脑袋里究竟在想些什么？"是啊，没有什么比文字更能表达一个人的思想了，这正是我所期望的：让孩子轻松驾驭书面语言这一思维的美妙载体。

你儿子的写作教师

9月27日（第一节作文课后）

Dear 佳梁:

昨天上午，我在“人大”校园散步时，有两个中年男人向我打听“西区超市”附近的宜园，我的脑海里立时出现了自己常去的那家超市的位置，我指给他们，可是转而意识到那里并非西区，便好心地撵上去，指点去西区一家小商店的方向。待自己走到认定的“西区超市”附近，才蓦然发现那里是品园，你不知道当时我有多狼狈，生怕再遇见他们，灰溜溜地走出了校园。

一晃，在海淀已经住了六年，来“人大”校园散步是常有的，也经常碰到寻路的人，每次都不免尴尬，但这次堪称“之最”了。我蓦然想起罗素的一句话：“渐渐地，我懂得了将我的注意力日益集中到外部事物上。”

他说，他因此随着岁月的流逝，对生活更加热爱了。我之所以对周围的一切视若无睹，是因为我太过于关注我个人的内心世界。我珍惜每一次在这美好的园中散步，我的脑海里大多是对从前某一事件的回忆或对未来的某种向往。我轻易地忽略了周围的一切。

我下决心从今天开始，建立起“人大”校园的“准确心理地图”。

一个明媚的秋日，我的心情因对外界的神往而变得格外晴朗。我沿着汇贤路走过林园、静园、宜园，走过学知楼、明德楼，顺着品园所在的谨勤路，转上春华路，这条路上有“教三”“教二”“教一”，有世纪馆、运动场等等。如此我记住了“人大”校园外围的一些主要建筑，这才发现那些美好的名字。我在心里默念，意味无穷。

“林、静、宜、品”，突然觉得汉字本身就是一件件艺术品，值得玩味。最值得一提的是春华路上的一面灰墙。它将校园和校外毅然隔断，如果不是那墙上随心所欲的涂鸦，它实在是普通至极甚至丑陋至极。我喜欢那些信手拈来的线条，它像一个孩子初次得笔后的惊喜，漫不经心之处，让人惊异。

我正巧在读一本关于绘画的书。作者这样表述："有人就看见一只猩猩用手指勾画自己映在墙上的影子。我们知道，猩猩和森林古猿是远房亲戚。猩猩的这一业余爱好，古猿想必也有。于是，当古猿变成人以后，它们当中那些特别喜欢勾画影子的机灵鬼儿就变成了画家。"

我想象不到是哪些"机灵鬼儿"怀着怎样的动机在这面乏味的墙上，画上了一些稀奇古怪的"影子"，但我知道这对他们来说是一次表达自己的好机会。其实人真实渴望表现的不是美，而是怪异。美太真实，往往让人失了想象；怪异却留让我们想象出无限的情节。

"懂了绘画，也就学会了'睹'，也就能抗拒熟视无睹。那么，眼睛慵懒的难题就一去不复返了。"其实，按罗素的逻辑，关注外在世界，才从根儿上治愈了"慵懒的眼睛"。

我默默地感激昨天偶遇的两位路人。他们可能因此开启了我理解生活的两扇重要窗口。在此之前，我为什么要忽略它，这让我百思不解。或许“开窍儿”总是需要机缘的。“人大”校园是机缘，那个日子是机缘，还有我的心境。

我决心在北京余下的两年时光里走路、观察、记忆、深入理解，唯如此才不枉在这座美好的城市住过一回。你说呢？

Dear 佳梁：

好几天没有给你写信了。我觉得自己每天都好忙，时间不够用。该读的书没读，该写的文章没写，该收拾的地方没有收拾到。唯一让自己满意的是能为儿子想的都想到了，能为他做的都做到了。

儿子是我生命中最重要的部分，我深知在你的心里，儿子同样高于一切。那天，我在短信中调侃你年轻时可不是这个样子。我记得你说过："不要指望你的孩子，要指望的永远是你自己。"当然，那时我们还没有孩子。

你回短信说："此一时，彼一时。当时，我年方三十，血气方刚，大志在胸，自然要奋斗在先，岂能把未来全寄托于小儿？现在情况完全不同。”

我理解你的心境，从你的这段话里，我能读出一种“大势已去”的感伤。

回首陪伴你的这十六年，感受你的生命存在，我总会有一种悲凉之感。这种悲凉来自对个体生命挣扎的同情，来自对生命状态渐次清晰的梳理。无论今天你收获的是多是少，在我的心里你都是当之无愧的英雄。我因你而骄傲，因你而领悟到生命存在的真实用意，更重要的是因你而更深刻地理解了一个男人生存的使命和责任。而正是基于这种理解，我坚定了自己的生存信心。我希望我的生命中再出现一个完全的英雄，那就是我们的儿子。我希望他和你一样有足够的勇气面对属于一个男人的责任。

正像上次和ZX夫妇小聚时，我们探讨过的那样，“成功”在今天绝不能以个人财富的多寡为衡量标准。重要的是，我们问心无愧，我们尊重生命的存在过程，我们经历了丰富多彩的生命体验！我们出色地完成了每一个阶段生活赋予我们的责任和义务！我们安于我们的平凡，我们终于从平凡的生活中收获了健康的快乐！

或许按你十年前或二十年前的期许，你目前的生活远远不足以让你满意。然而，正像儿子曾经对我说过的那样：“可是我的爸爸已经尽力了！”这是一个九岁孩子的理解。这同样应该是我们的理解。

我一直在潜心分析你我的心路历程，如果说我相信生命中某些宿命的色彩，那是基于我们早年成长“别无选择”的生存环境和太多的必然因素。我们的一切都基于家庭的局限。事实上，我们必须承认，人，生而不平等。但值得庆幸的是，我们有足够的勇气，加之那一点点运气来冲破这种局限，一步步战胜了心灵的困境和生活的窘迫。我们赢得了心智的成熟和生活状况的彻底改善。

而最终，我们为我们的孩子赢得了一个健康的生存环境。但今天，我最不希望的是，你将自己未实现的人生渴望强加给儿子。作为一个独立的生命个体，他有充分的权利享受属于他的生命意义。

尝过如此多的人生滋味，我最大的感悟是：珍惜我们所拥有的，不去计较我们所失去的。那失去的尽管有时出于偶然和意外，但必然的因素一定是最主要的。我们收获的一定是限于我们能力所及的范围，我们失去的一定原本就是我们可望却不可即的东西。所以，我无怨无悔。就像在你我的感情上，我庆幸自己终于摆脱了婚姻伊始的那种不健康的心理，今天，我更在意的是你能给我什么，而不是你不能给我的那一部分。

你的不快乐缘自你对自己努力的结果始终不满意。我不能具体地勾勒你早年的生活理想，但我知道那可以称为“雄心壮志”。然而今天，我更希望我们持有的是一种反思的态度而非抱怨甚或耿耿于怀。我们必须让自己快乐起来。这快乐在我，绝不是将生命的理想转嫁给孩子，而是终于得以承认，若干年前，我们个人理想与现实的差距。

我近来常常这样想，究竟什么能够准确地衡量出我们生存的质量和意义？我终于为自己找到了一个答案，它基于一种假想。

如果今天就有人告诉我们，死亡摆在面前，我们所持有的态度一定就是我们对个体生命存在过程的一种价值鉴定。我想，我能平静地接受，勇敢地面对。因为我对自己是满意的。我认认真真地走过了我该走过的路程，我同样努力地扮演了生命所赋予我的丰富多彩的角色！

我想你也应该做一番假设，来追问你的生命过程，来掂一掂你的生命分量。

我深知做男人好辛苦。就拿你我来说，我可以理直气壮地躲在你的臂弯里，躲避风雨，但是你不能！我深知，自己对生命最大的无悔来自于你的爱和保护。也同样基于对你的爱，我渴望你能从早年对自我的期许中摆脱出来，同时能从当下的生活中找到真实的快乐，而不是将快乐建筑在对儿子未来的期望上。那同样可能是一种悲凉，它更可能令你的人生晚景变得极度不堪。

我从祖辈的生存经验中获得的最大启迪是：真正的爱，不是占有，而是放飞；不是目的，而在过程。给孩子翅膀，让他从我们的身边自由地飞走。让他相信，即便有一天沦为乞丐，他仍是爸妈最心爱的宝贝！而我们的幸福，早已留在孩子成长的过程中，留在五彩斑斓的记忆里了。

爱孩子已经成为你我生活的主要部分。这种爱，让我们的生命迸射出光彩夺目的火花。但更值得我们追求的始终是“真爱”，而非建立在满足我们自己虚荣心之上的情感归宿。我因对儿子的爱，而产生了对一切善的渴望，我知道，我开始涉入“真爱”的境界。我希望它能将我同时也将你一起引向一种健康而快乐的生活境界，但前提一定是你必须学会放弃！

妻

11月21日

（今天的阳光真好，它一直射进天堂。）

Dear 佳梁:

听说“七台河矿难”的消息，我真的难过。你在电话里让我想象，一百多具尸体排放在面前的悲惨场面，你还让我想象活着的那些寡妇和死者的孩子即将面对的生活。我无从想象。

当你的生活看似别无选择地和矿山联系起来之后，我的内心时时会有一种强烈的不安。我的身体中仿佛延伸出一个细长的触角，它随着你而一点一滴地触摸到了一种全然不同的生命存在样式，我甚至随着你深入井下的脚步声，感受到那漫长巷道的气息。当你亲口向我证实，这世界的确还有如此一部分人的生活享受不到阳光的温存，我油然而生悲悯之情。

那天，电视转播“心连心”艺术团在山西煤矿的慰问演出，当我真切地看到一张张矿工的脸，一个个粘着煤灰的笑容，我的眼泪就情不自禁地掉了下来。这让我自己都万分惊异。我不知道，自己究竟从那一张张看上去心满意足的笑脸上感受到什么，但我知道我的眼泪是发自心底的一种情感流露。

你因“七台河矿难”而对我发誓般地说，你的后半生要致力于改善矿工的井下作业环境。就如同我相信自己的眼泪是发自内心的一样，我相信你的愿望是真诚的。

你是一个企业的管理者，让你的企业生存并发展，让你的员工各得其所，是你的责任。而在收获良好的经济效益同时做到为一部分人改善生存条件，同样是你责无旁贷的。我因你的美好愿望而骄傲。

这么多年，你为了我们能更好地生活四处奔波，但我知道，你我其实都没有将获得金钱视作最最重要的生命价值。我们共同期待的还有一种潜在的生命关怀，就像我对孩子们，你对今天的矿工。当我们已经不必为基本的生存保障而忧虑时，我们存在的意义其实更大程度上体现在这一关怀中。

这让我理解LDY的选择，他放下了经营良好的公司，将自己全身心奉献给教会，我知道生活中一定存在这样一种真诚的人，他们从金钱的累积中并不能找到真正的精神归宿，他们一定要从对人的关怀中领会生命的意义。那天WY带着一种骄傲的神情对我谈论她丈夫的事业："LDY正在做的是拯救灵魂的工作。"我同样相信他们的真诚。

"改善工作或生存环境"和"拯救灵魂"，在我们今天的社会缺一不可，举足轻重。那天，我大言不惭地对我的女友说："我在做的同样是拯救灵魂的工作。"我是从我身边的孩子入手，或者我可以更确切地说，我在做的是"塑造灵魂"的工作。我要对我身边的孩子们产生影响，我要通过我的努力帮助他们尽可能地建立起牢不可破的精神城池，使他们的一生得以享受物质之外的更为广阔的天空。

我对生命中美好的东西依旧深信不疑，我相信你和我一样。尽管我们曾经面对过太多的丑恶，但值得庆幸的是，我们依然有能力保持内心纯真的一面。这也正是维系你我婚姻最有力的纽带。

你表面的严厉与苛刻，势必随着时间的流逝为你的员工所理解，和你相处有一个严寒酷暑期，过了这个时期，才能沐浴春风细雨。在我们的婚姻中，我又何尝没挨过那个“残酷”的时期，你对人的期望太高了，你对人的要求太严了。今天，我终于相信自己是在你的期待中得以成长，我相信你的员工们也一样有理解你的那天。或许他们永远都不能了解你对人的那种深切关怀，只有我能。

为死难者祈祷！也为他们的妻子和孩子。

12月1日上午

Dear 佳梁:

早晨的天空阴沉沉的。昨晚，你说到家后会给我电话，我就一直等到12点以后，我一直在听刚刚买到的一张“黑鸭子”组合的专辑，全部都是中国的民歌，你想象不出有多动听。我整个晚上都沉浸在美妙的和声里。中国的民歌是我认定的最美妙的音乐，毫不矫揉造作，像山涧的水，像窗外的雨声，像天边的浮云，更像盛开的山花。加上“黑鸭子”和谐的女声与恰到好处的配乐处理，难得的音乐！

明天再去买一张，放你车上。

儿子学校的合唱团在圣诞节有三场演出，昨天曲谱发下来了，曲目有《平安夜》《普世欢腾》《铃儿响叮当》和《友谊地久天长》。从合唱团的几次演出的曲目选择上，我能感受到他为什么能在北京的小学合唱团中崭露头角，原因之一一定是他们的指挥老师精于合唱的选曲，从上次“原创校园歌曲演唱会”的曲目中就可见一斑。

儿子昨天放学后一直在哼唱《平安夜》的旋律。我真高兴他现在对合唱排练和演出越来越投入。我相信他从中收获的一切定会让他受益终身。

台大的傅佩荣教授说：“哲学不能烘面包，但是能使面包增加甜味。”音乐又何尝不是！

那天，儿子从学校回来对我说：“圣诞节的三场演出可以自愿参加，老师要我们和家长商量一下。”我问：“你想不想？”他点头。尽管这三场演出会耽误他的两节重要的数学课，但在我的天平上，音乐的一头儿永远都是沉沉的。我没有任何犹豫地支持儿子选择音乐。

我不确定你对音乐的感受，但你一直念念不忘在美国的时候常听的那些国内的CD。我觉得自己一直忽略你对音乐的感受，我一直深感歉疚的是，你在美国时所听的音乐CD没有一张是我送的。我记得那次孙老师去美国，他太太告诉我，他们给你带的礼物全部是国内最新的音乐CD，我竟一时语塞。

在我们婚后的很多年，我都习惯用耳机听音乐，因为我总是觉得你会讨厌我的音乐，你会嘲笑它们太“小资”，实在是因为你最初对京剧的兴趣把我吓着了！我没有一副欣赏京剧的耳朵，而你一直想成为一个名副其实的票友。但是近几年，我发现你开始喜欢那些好听的流行音乐，尤其是用萨克斯演奏的。我常常在你的车里听到，司机说，那些音乐是你请他代买的。从这个角度，我发现，夫妻之间的了解也需与时俱进啊。而今，我们的“耳朵”尽管还有千差万别，但我终于可以想着把我喜欢的音乐一股脑儿地带到你的车上，管你听不听。

昨天等你那么晚，就是想告诉你和儿子谈话的结果。这些天，儿子的表现真的让我诚惶诚恐。当初，同意蔡宝来我们家练琴和写作业，完全是出于我对那女孩子的喜爱，也出于对她母亲的同情，我答应帮助蔡宝建立好的学习习惯。但如果因此而唤醒儿子的“情窦初开”，实在是我不愿意的。

前天蔡宝没来，儿子问了好几遍：“今天蔡宝来吗？”这让我心生不安。我问你，一个十一岁的男孩子会不会对一个漂亮的女孩生出幻想，你在电话的另一端沉默了良久，笑着说：“应该可能。”我就说：“那有其父必有其子。”你对儿子的表现听上去多少有些沾沾自喜，我却不同。

昨晚，我从外面回来时，见蔡宝在客厅里写作业，她的面前放着一本新书《谁知我心》，她说是儿子借她的。我慌忙给你电话，你在太原机场候机，你大笑，一种不以为然的口气，让我和他好好谈谈。

遵从你的旨意，我们做了一次正儿八经的谈话。

我：“你觉得蔡宝怎么样？”语气小心翼翼。

儿子：“什么怎么样？”这是他一贯的伎俩。

我：“比起你们班的女同学有什么不同？”我知道儿子不太喜欢他班上的女生。

儿子：“差不多，只不过没那么讨厌。”我想，哦，不讨厌！

儿子接着说："她太马虎大意了，数学作业总是错那么多。"

我："你喜欢她吗？"

儿子："一般，她在和不在一个样。"我认定儿子没说真心话。

我："那昨天她没来，你怎么问了好几遍？"

儿子一副无所谓的架势："那是因为她不来，我就赚不到钱了。我辅导她练琴，你不是一次付给我三块钱吗？"

我如释重负，看来儿子重财轻色。

对于儿子，有些事情真的要父亲来应付。类似的问题，作为母亲，我们太容易大惊小怪了。

不过还是不希望儿子的"情窦"开得太早。倒也不是总想把他视作妈妈的乖宝宝，只是觉得早恋总会耽误很多事儿。总有比爱情更重要的事情等着男人去做，比如说音乐。尽管音乐终究有一天会告诉他——

月光下的凤尾竹

轻柔美丽像绿色的雾

竹楼里的好姑娘

歌声甜润像果子露

昨晚，你也没睡好吧。今天还有一帮子客人要接待。看来我说得没错，爱情只是男人闲来的享受。

你儿子的MOM

12月2日（一个没有阳光的上午）

Dear 佳梁:

我从来没有对你说过“对不起”，但这不表明我在很多事情上都“理直气壮”，也不表明我从不做“自我批评”。

“女人善变”，这是对女人本性的最好诠释。在男人眼里，就叫作“莫名其妙”。我知道，从做你的女友开始，你就对我“爱生气”的毛病束手无策。本来还晴空万里，突然间就细雨霏霏，我从不掩饰我年轻时代的缺陷。对于我少女时代的“莫名其妙”，你采取的应付策略是“装傻”，搞到后来，往往我自己觉得没劲，只好作罢。现在，你还是“装傻”，不管我因为什么生气，都好像和你没有关系，你等着我自己消气。有时，我甚至觉得你是喜欢我生气的，看我生气，你好像多少都有那么点儿幸灾乐祸。

前几天，几个女朋友在一起，难免家长里短。我说，我和我先生几乎没吵过架。她们的眼里显出狐疑。她们不相信我们生活了十六年居然不吵架。我就说："我们只是生气。"后来我又补充道："只是我生气。"我的一个女朋友说："吵架证明婚姻还有爱。"这话一时让我有些不知所措。那之后没几天，我就在一份杂志上看到了一句话："不吵架的婚姻就是美满的。"我不确定他们谁更接近真理，或许各有各的道理，婚姻本来就是千差万别的，像所有人的面孔。而我真正要问自己的是，我的婚姻是什么样的。

你对我的这一类问题一向不以为然。你说，我和儿子是你一生的"最爱"，好像这就足以说明我们的婚姻美满了。可是，我那些没头没脑的"气"真的就是无中生有吗？

我觉得我说不出自己生气的理由是没有道理的。所以我开始试着将我每一次生气的理由找出来，告诉给你，我不希望你每一次靠“装傻”就可以逃避过去。后来我蓦然发现，我的生气居然和一个女人丰富的想象力密切相连。

就比如最近的一次，就是因为你的一句话，勾起了我年轻时代的一次不愉快的记忆，我就生气了。其实，我不是在生你那句话的气，而是在生年轻时代的那段不愉快记忆的气，但你的那句话的确起了“导火线”的作用。

年轻时代的不愉快记忆也多少和你有关。我才知道我是记仇的，我一直耿耿于怀。但我说不出口，因为我知道那件事在你我之间早已经解决了，说出来是十分没劲的。所以，我不能说，我就只有跟自己生气。要说，也只能说，我生气的理由是因为当初我就生过气。

这或许就是女人“莫名其妙”的地方。

你一直没有和我生过气。在外人眼里，你的脾气大得让人不可思议，但十六年里你只跟我发过一次脾气，就是说我“什么都想管”的那次。

我知道，这并不意味着我有多好，而是你爱我，你能包容我的一切，包括我生气。但在我年轻的时候，我并不这样理解，我认为，不和我发脾气是你根本就没把我放在眼里，所以我要找到把我放在眼里的人。当然，我至今也没有找到，但值得庆幸的是，我终于知道，自己是身在福中不知福。所以，我认为，我不能动不动就生你的气。

我反省过去，认为三十五岁以后的这些年，我就不太爱生气了。而真正不爱生气的理由是，我已经习惯了你的一切缺点和不足。尤其对于那些我根本无力改造的事实，我学会“睁一只眼闭一只眼”了。但我的生理周期式的生气，还时有发生，我知道我还需不断努力。

12月7日

（昨天的这个时候，我在和你生气或者我在和我自己生气。）

Dear 佳梁：

寒假快到了。该有一个怎样的假期，孩子们已经失去了自作主张的权利，家长会绞尽脑汁将孩子的假日按成人的意愿填充起来。

昨天，YX打来电话，抱怨她给女儿的各种假期补习班支付了昂贵的学费。上午三个小时的公共英语一级班，下午三个小时的公共英语二级班，晚上两个小时的考前辅导班。天啊！我在心里这样感叹。我要是给儿子也做如此的安排，儿子会和我造反！

儿子花在英语上的学习时间每天只有睡前的短短十五分钟，但儿子的英语学习能力在他老师的眼里却与众不同。我不知道我对学习的理解究竟能将儿子带向何方，但儿子的确在我的庇护下，得以逃离今天孩子们在所难免的不堪命运。

昨晚，儿子上数学课时，老师让同意假期接着上课的孩子举手表决，只有儿子没有举手。他说假期他要和爸爸在一起，不在北京。我不知道他是真的想和你在一起，还是为了逃避数学课。我无意追究。我觉得不管是什么，这都是一个孩子正常的发自内心的意愿。

而真正让我惊讶的还是那些举起的小手，他们代表的究竟是孩子的意愿还是家长的？我很担心如此下去，孩子们没有了自己内心真实的感受和见解。这很可能是一个人彻底迷失自己的开始。

对于儿子的选择，你很得意。你说："这才是我儿子！"你一直对他的数学学习不以为然。我则是在不断地调整对孩子数学学习的理解。我不认同那些"华校"家长的做法，在我眼里，他们无形中成为某些学校提升自己名校地位的牺牲品。

为了保持孩子在"华校"的名次，那些孩子已经牺牲了童年太多的快乐，他们在名目繁多的数学班里消耗掉童年最美好的时光。当我们的儿子坐在自己房间的地板上和他的小伙伴沉醉在他们的游戏中时，那些“数学神童”正在解析高深的难题。我不知道高中学生轻而易举可以解决的问题为什么一定要用来难为小学生。

当然，我也随波逐流地给儿子报了两个数学班。但我的初衷不同，我基于对儿子的了解，觉得学校的数学课程对他而言的确过于简单。课外学习，我的目标定得很明确：理解多少算多少，掌握多少算多少。对于那些不理解的，我相信随其年龄的增长，数学学习的逐步深入，总有一天他会掌握的。我承认我也在为孩子绞尽脑汁，但我一直是帮助他寻找一个学习的“度”，而不是将孩子所有时间强行占据的企图。正是这个“度”使儿子既没有失去童年的娱乐，又保持了遥遥领先的学习状态。

家长们正以浪费金钱的方式浪费孩子的精力。

我不知道，等待这些孩子的未来会是什么，但我知道只要我有能力帮助儿子保持今天的状态，让他的一生建立在今天这种心理状态下，他的生活就不会太差。而衡量这种状态最重要的标准就是，排除一切外在的干扰，按我们自己对生活的理解做我们最想做的事情。始终看重生活的内容，而非形式。

接近四十岁的人生，我最深刻的感悟就是：千万不要将形式和内容混淆。内容带给我们的才是实实在在的收获，形式往往迷惑我们做出不切实际的愚蠢选择。儿子选择假期和爸爸在一起，在我看来就是做了一个最好的内容选择。我心里也和你一样美。

12月8日上午

（刚刚我去为他下学期的数学学习做了调整，现在的班假期就要结束了。）

伍

家 与 国

闺密们对我们夫妻间

有说不完的话充满好奇，

我不好意思对她们说，

我们两口子其实总是如此“忧国忧民”！

在这个时代里杞人忧天、忧国忧民好像太不合时宜。

不过我们的确是乐在其中啊。

亲爱的老婆：

十二小时的航程，以往是一晃就过去了，这次却觉得无比漫长，无论如何也睡不着，尽管困极了。

此番来美之前，专门到长沙给老板做了汇报，老板脸色这次比哪次都难看。因我一会儿说到事涉白宫，一会儿又说涉及美国财政部、商务部，一会儿又牵扯国防部，的确连我这个当事人都有些发晕，叫领导一听就能马上理解，是为难他。

这个项目从一开始就是我尽了最大努力说服董事会争取来做的，为此，我还拿出股权做抵押，签下了“生死文书”。但出现当下的局面，确实是我没有想到的，一个风电场怎么会影响美国国家安全？原因为何？问题出在哪里？恐怕需要与律师好好沟通。不知道美国政府和CFIUS（美国外资投资委员会）是如何定义“国家安全”的。

上个月在美国，你和儿子参观大学，我专门到华盛顿参加听证会议，与CFIUS官员讨论了我们项目的问题，事后，律师给我的结论是很乐观的。18号回到中国参加“中美促进直接投资企业家论坛”，作为公司的代表和过来人，我还在会上替CFIUS美言不少，认为它是一个温和的、透明的机构。看来实际情况远远不是这样，最近华为、中兴所谓影响美国国家安全的事件闹得沸沸扬扬，问题到底出在哪里，需要冷静思考一下。

接下来几天，到华盛顿的主要任务是拜访律师，搞清楚情况，看看还有没有回旋的余地，上帝保佑吧，时间是越来越紧迫了，如果近期不能解决问题，恐怕ITC（美国国际贸易委员会）项目补助就会“泡汤”，那样问题就大了，好项目就会变成烂项目。

这两年诸事不顺，让我有些麻木了，激情也大不如前，看来的确需要好好反省自己，为什么事情一而再再而三地遇挫，归结为运气吗？不尽如此。

处理这么一个棘手的问题，要和美国政府打交道，对我而言，也是大姑娘上轿——头一回。以前到华盛顿去过很多次，但基本都是观光，最多只能说是看热闹，这次恐怕得沉下来，好好了解一下美国的政府运作、美国的政治环境与生态。一上来就这么大一个下马威，让人不寒而栗。

不管怎么说，遇到问题只有面对，当缩头乌龟恐怕不行，先硬着头皮上吧，就是龙潭虎穴也得去闯一闯啊。

有点累了，今天就啰嗦这些。

亲爱的老公：

昨晨，见你很早起来，坐在客厅沙发上目光茫然，我心里很难过。

我对你说，想想刘少奇、邓小平那一代伟人所遭遇的人生磨难，你所遇到的艰难困苦或许不值一提。一个项目，成也好败也罢，无非赚多赚少而已，即便赔本的买卖，也无涉生死攸关。所以，我特别希望你能将一切看淡一点儿，再淡一点儿。

我会找时间回上海，去保险箱把股权证书拿回来，还给公司。事已至此，我们就做最坏的准备。

我相信你会尽你所能去处理这件事，但凡事别过分强求自己。我不信命，但信命的态度有时未必不好。

有一点，我倒是和你有同感。的确你的人生到了必须好好总结与反思的节点。过去的二十多年，你像是一头套上了铁犁的老黄牛，一门心思地往前冲，从不停歇。人有时是要停下来的，看看前面的路，更重要的还是要回头张望，校准自己的方向。不过，此时此刻，我说什么都觉得有点儿站着说话不腰疼的味道。我知道，你以你的方式活着，你始终活得很辛苦，但却停不下脚步。是什么使然，一直是我渴望了解却又不得的。

我们一家人聚少离多，更少有机会出门旅行，好不容易上个月你请了两周的假，陪我和儿子参观美国的大学，却又被什么“听证会”搅和了。没想到，事情会发展到如此不堪的地步。你也只能拿出你所有的勇气去面对了。

照顾好你自己。我会督促儿子SAT（Scholastic Assessment Test，美国学术水平测验考试）复习，毕竟美国是他人生的下一站，即便这个国家此时此刻对待你们的态度是如此不友好！

亲爱的老婆：

今天正式开始华盛顿的“政治”之旅。在朋友的陪同下，早上一起来就开始见律师，一家又一家，到下班结束，一共去了五家律师楼，都是华盛顿顶级的。以前来华盛顿那么多回，只注意到有那么多办公大楼，一直没有闹明白，美国以小政府自居，为何有这么多的办公大楼，原来这些大楼大都是律师办公的地方。看来美国是个靠法律治理的国度，的确不是虚言，至少我的直觉是在华盛顿律师比官员多，就是在美国政府任职的官员，估计有相当一部分也具有法律背景。过去只知道在美国干什么都需要请律师，这回恐怕我这里就不是简单的需要律师的问题了，而是需要大律师，需要能够打官司的大律师。

第一波见的是我们原来的代理律师，上次陪我去参加第一次CFIUS听证会就是他们负责安排的。看来这是一帮靠关系吃饭的家伙。当我问到“这个结果（CFIUS的命令）与你们第一次会议后给我描述的结果（会议成果）完全相反的原因是什么”，他们除了一个劲儿向我表示歉意外，就是认为应该“无条件”地与CFIUS合作，按照CFIUS的要求，无条件地停项目走人，将来再找机会把损失的钱赚回来。我明确地告诉他们：走人可以，我们理解美国政府对国家安全的担心，我们也愿意配合政府的要求行事，但我们的损失必须得到补偿。美国宪法第五修正案将对私有财产的保护提到了空前的高度，过去西方国家批评中国和其他共产主义国家，其中最主要的一条就是说社会主义制度不保护“私有财产”，美国政府总不能没有任何说法就剥夺我们的私人财产吧。

其他的拜访就显得相对简单，向他们说明情况，了解遇到这类问题该怎么办，应不应该坚持我们的权利？外国人（或企业）在美投资受不受到美国法律的保护？美国宪法的第五修正案中保护私有财产的条款包不包括在美国投资企业的合法财产？遇到这类问题，我们应该怎么办？谈判，撤退，还是打官司？没有什么结论。但一天下来有两点是搞明白了或基本搞明白了：一是到目前为止，还没有任何一家外国企业与CFIUS打过官司；二是寻求法律的途径解决，有相当难度。没有打过官司说明两点：一是这个机构很强势，没有人敢向它叫板或同它打官司；二是因为没有打过官司，诉讼下去赢的难度很大，因为在这个领域没有判例。而且事涉国家安全，在现阶段（主要是美国大选期），对美国国家安全和与中国的关系都属于高度敏感的问题，美国政府和老百姓都宁肯信其有，不肯信其无，如果诉诸法律，法院也很难判。

现在看来，这件事情相当复杂，很难简单解决，关键是原因不明，产生这个问题的要害在哪里？一个普通风电项目如何会影响美国国家安全，可能有政治上的影响。如果是政治上的问题，恐怕就需要政治途径来解决，梁主席不愿意相信的事实就在我面前上演：事涉美国国家安全，就与白宫有关，就与国防部有关，甚至可能与美国总统大选有关。近几年每到大选，拿中国说事是必然的，而且随着中国经济越来越强大，拿中国说事也越来越能够赢得选票，真希望这件事的背景没有这么复杂，要不躺着也会中枪。明天再继续深入了解吧，现在真有点像盲人摸象了。

但你说的有一点是对的，再大的困难也要面对，也要坚持住，这点事与刘少奇、邓小平他们在“文革”中的遭遇比，真的算不了什么，还不至于一下子从天堂到地狱，而且还是有机会解决的，尽管难度很大。因为毕竟后面还有一个强大的国家，也因为这里毕竟是一个号称世界法制最完备的国家。

看来，这件事情还需要与中国大使馆联系一下，向他们做一个汇报。如果是政治因素的影响，没有国家的支持和帮助肯定是搞不明白的。如果真的要走到打官司这一步，也需要认真评估，毕竟我在这里不能做最后的决策。看来这件事情简单不了，还需要有长期准备才行。

明天功课还得继续做，今天先把这些情况告诉你，有一点可以肯定，通过这件事情的处理，我对美国政府运作、司法制度和华盛顿的政治谋略都会有一个深刻的理解，这是今天一天最大的收获。

祝好！晚安。应该是早安！

亲爱的老公:

能想象你此时此刻的焦灼。你的个性决定了你跌宕起伏的命运。在公司十年，你始终都在创业。创业，就意味着风险！你五十年人生，唯一没有学会的便是明哲保身。我知道，或许你这辈子都学不会。我将你的每一次磨难都视作“苦其心志”的过程，尽管我常常向你描绘解甲归田的美好生活，但我深知它很遥远。

无论遇到什么，都将其视作人生必经的过程，总有一天，回首往事，不曾“碌碌”，我们便心有所安。

上个月，和儿子陪你去华盛顿公干，你们陆续走进财政部大楼的身影仍清晰可见。那天艳阳高照，我和儿子就坐在华盛顿中央公园的河边等你，远远可见林肯纪念堂庄严的建筑，回头便是造币工厂的庞然大楼。此刻想想，这两栋建筑，或许正是美国之所以为美国的象征。林肯是一种精神，货币是一种价值。一个国家的强大，缺一不可。

我无从想象你将会面对什么，但我相信，既然已经做好最坏的准备，我们只有尽己所能地为他人负责，同样为自己负责。

儿子每天晚上都去打球，他们这一代孩子是浸泡在美国文化中长大的，听“说唱音乐”，看好莱坞大片，玩《魔兽世界》，或许作为父亲，此番你能用你的方式告诉儿子一个更真实的美国！这无疑也是一种收获。

亲爱的老婆：

昨天是试图通过法律的途径找到解决问题的办法，但现在关于这一点是否可行，还在一团迷雾之中，因为事情来得有点儿太突然，律师们也需要消化一下吧。不过听完我的故事，他们都是高度感兴趣的，出于什么原因还不是很清楚，更多的或许是因为来了一个大生意吧，毕竟“标的”有几千万美元，而且背后是一个中国的大公司，恐怕他们的感觉是中国的“金主”来了。

今天没有拜访律师，而是走了另外一条路，找关系看看能有什么作为，毕竟“华府”是一个可以合法游说的地方，看看有没有办法从这里找到突破口，至少了解到真正的原因也是有价值的。因为从表面的文章看，连我们自己都觉得不可思议，而且我也认为这根本不是理由。CFIUS这个机构很不透明，现在看来是这样，美国人也是这么认为的，因为他们只给出结论，却不肯说明任何理由。

离开北京前，我与一个在投资圈很有影响力的朋友谈了我现在遇到的问题，他建议我到华盛顿去找克拉克将军试试，这个曾经的北约盟军总司令现在已在开公司做生意。按照这位朋友的说法，克拉克人很好，与他关系也不错，而且对中国友善。只是不知道他当北约总司令时在科索沃战争期间下令轰炸中国驻南斯拉夫大使馆，是奉命行事还是自作主张干的。这么大的事情我想肯定是奉命干的，如果没有经过充分评估和总统下令，肯定不敢这么干，否则也太胆大妄为了。当年麦克阿瑟那么强势，朝鲜战争也没敢把战火延伸过鸭绿江。因为他在军界根基深厚，与国防部关系密切，尽管已经退休（离任）多年，但毕竟曾经位高权重，或许能有一点儿有效的办法。

在见将军本人之前，下午先与他的经纪人王女士见了一面，这是一个北京女人，应该有很深的背景。她现在的先生是艾森豪威尔总统基金会的总裁，一个美国人。据介绍20世纪80年代初她曾经是某高官的翻译，80年代末就到美国来发展了。从她这里我了解了很多“华府”游说的游戏规则，左右逢源是一个基本的原则。她告诉我：他们做游说工作是左手牵着民主党，右手牵着共和党。像克拉克将军曾争取过总统竞选提名（尽管失败了），是民主党的重要人物，他们合作有生意；他与布什家族也有生意合作，这却是一个典型的共和党家族。看来美国人所谓党派都是实用主义，有钱赚就什么党都不是了。

今天见将军很晚，他晚上10点多才从杜勒斯国际机场下飞机，到约好的见面地点已经快11点了，一个小老头自己开一部从机场租来的小汽车，人是一点儿都不起眼，不知当年是如何叱咤风云的。我把情况给他做了介绍，他答应亲自去CFIUS和五角大楼问问，了解好情况后，再商量有无解决的办法。现在到底是什么原因还说不清楚，看来也只能如此，但他毕竟是一个可以与CFIUS的高官直接对话的人，或许真能找到什么办法，尽管他很晚才回来，我都想烧高香了。当然我也不能抱太大希望，他毕竟只是一个退役将军，从美国这个架势看，与中国是很不一样的。美国一个曾经如此位高权重的将军，深更半夜坐几小时的飞机，从小石城（与克林顿是同一地方）飞过来谈这么一个不确定的小生意，看来中美之间（文化）差异是不可思议的大。席间我们也谈了很多华盛顿与美国的政治游戏规则，了解了一个我们在美国做实业的公司完全不了解的侧面，也知道了美国几乎所有大公司在华盛顿都有办事处和自己的游说团体。原来我们一直以为美国这个资本主义国家企业与政治离得很远，现在看来两者的关系却是不可思议的近，而且企业运用政治力量来帮助自身提高竞争力的手段也有效得多，这可是我们原来想都不曾想到的。如此看来，要在美国做大生意，是根本离不开华盛顿的，或许需要让集团领导了解这些。

（王女士告诉我）这个小老头曾经为高盛从沙特王

室拉过一个二十亿美元（投资）的大生意，但因为没有合法的咨询执照，高盛只给了他五十万美元。按照法律，他也不敢多拿，但如果有执照，他就可以合法地拿一千五百万美元。这就是美国，所以老头拼命也要考到一个金融咨询师的从业执照，刺激挺大。

今天一天的最大体会（或收获）可能就是通过与王女士、克拉克等的接触，对“华府”的游说方法与规则有一点儿理解吧。都是游说，美国是把钱放在明处给，办事都是要钱的，比较下来可能明码实价更好点儿，至少你对你的投入可以有个评估。最大的收获之一，是了解到了美国式的“跑部钱进”。难怪我一直不能理解，华盛顿这么个“小城市”，美国这么一个“小政府”，周边有三个（杜勒斯、里根、巴尔的摩）机场，而且每个航班都爆满。我一直以为是旅游的客人，不想大部分都是来华盛顿找钱的。也的确是，一个国防部每年预算就是七千亿美元（超过四万亿人民币，比我们2008年应对金融危机刺激经济的投入还多），能源部一年的预算超过三千亿美元。有巨大的利益，难怪需要有那么多律师楼，难怪每天那么多飞机源源不断，看来也不是来“朝圣”，而是来找钱的。只可惜，我一个好端端的项目，被这帮官僚折腾成这样。明天还要去美国商务部，去中国大使馆，多方面了解，多方面求助吧。

如你所言，在公司十年，我一直处在创业状态，其实又何止十年，从离开学校开始，这二十几年我一直都处在创业的过程中，这或许是我自己的宿命，也或许是我们这一代人的宿命。其实今天的公司主要领导已经算得上功成名就，但几乎都还是处于这种创业状态，因为今天的公司还远远没有达到老板追求的为世界贡献一个“中国籍”世界知名品牌的目标。所以这种忙，是共同的。当然，如果我保守一点儿，还守在煤炭机械那个小天地里，日子可能比现在要安逸很多，轻松得多，这是毫无疑问的。其实从事一个新行业不是问题，问题是从事了一个什么样的新行业，风电我是最早发起者。没有选择，不管遇到什么情况，硬着头皮干吧，或许会柳暗花明的。

有点晚，不写了。

亲爱的老公：

体会你的人生，最真切的感受是，验证了福祸相依的哲理。有很多不堪的际遇当时看来让人无法接受，但事后，很可能是成就更大事业的宝贵资源。

读你的信，我的脑海里蒙太奇式地闪过好莱坞电影里的画面。单就电影这个文化品种而言，美国人从不掩饰丑闻。每一件政治丑闻，好像都会让好莱坞幸灾乐祸欢欣鼓舞一番。这是美国文化的可爱之处。

一直以来，有你的保护，让我远离这个喧嚣的世界。这是我对你最大的感激。可是，即便我让自己离你的世界远一点儿再远一点儿，我仍旧无法无视你的风风雨雨。

初识的人每每用好奇的目光打量我们，流露出对我们两个风格迥异之人作为夫妻相处的狐疑，其实他们不知道，你是我的一本大书，从中我领悟了人生。你所给予我的最宝贵的生命财富，正是那些看似别无选择的困境，而你一次又一次战胜了困难。我得益于此，在婚姻中，慢慢成长。

尽管当初我对你离开煤机行业进行二次创业深表不满，但走到今天，纵是前路未卜，我会陪你坚持到底。

你在“华府”奔波的疲惫身影，在字里行间清晰可见，要保护好你自己。我会将你的信好好收藏，在一个特别的时刻，作为送给儿子的礼物。

亲爱的老婆：

这个时候的华盛顿气候是再好不过了，如果是旅游的话，应该是最好的季节，只可惜我没有这个心情。今天是周末，什么也干不了，哪里也不能去，就待在酒店里想想到底是怎么回事吧，或许能想出一些解决问题的办法来。这几天紧锣密鼓地拜访与沟通，对这件事情的出现大体有了一个“轮廓性”的初步理解。但也只能是推测，无法找到准确的答案。

按照常规，项目在进入具体操作之前，需要律师进行尽职调查。从我方律师提供的报告来看，这个项目所有的法律手续是完整的，不存在建设中任何不合法的问题，而且在同一个区域还有很多类似的项目，所有者大部分是欧洲公司，所使用的设备也大部分是外国制造，主要是欧洲生产的。我们在这个区域是唯一的例外，来自中国的公司，用中国生产的设备建设风力发电厂。特殊之处，是我们的中国身份。

这几天在华盛顿也与律师和其他各界人士反复谈到一个问题，现在的中美到底是一种什么关系？大选期间关于中国的话题在选民中有多大的影响力？现在看来有一点是非常明确的，就是把中国当对手已经是美国朝野的共识。这点无关意识形态，只与对手的实力和地位有关。经过三十年发展，中国已经是世界第二大经济体，而且其增长势头不减，按照很多机构的预测，再过十年左右，世界上最大的经济体就是中国，而不是美国，这就让美国犯了焦虑症。

美国人的逻辑，第二就是美国的敌人，千方百计对对手加以打击和遏制是美国政府秘不可宣但又坚定执行的方针政策。从这个角度讲，公司的项目很可能成为政治牺牲品，要是如此，便是躺着中枪，就不是一般层面能够轻易解决的了。

美国的总统大选已经进入中期，白热化的阶段，共和党总统候选人最近不断拿中国说事，如果奥巴马在这方面没有一点儿说法，可能在民众中就会丢分。作为在任总统，对外的每一句话都是国策主张的国家行为，可能同样出于告诉美国民众其对中国的态度之强硬的目的，他用行动遏制就比用嘴说更具说服力。公司是不是这样的靶子现在还不知道，但大家隐隐有一个感觉，这件事情很蹊跷。

最近华为、中兴的事情也在炒，华为好像已经进入第十六轮调查，在CFIUS，华为的项目已经被否决三次，这些是孤立事件还是陷入竞选阴谋之中了，情况不得而知。

明天准备去纽约，准备去拜访一下克林顿时期海军部的首席律师，据说是克林顿的大学同学，他了解了这些情况后，或许有办法可以解决问题。反正这个阶段是有病乱投医，各路神仙的话都听听，各方面的意见都收集一下，或许能做出正确的判断和决策。目前情况下，问题不解决，项目肯定是进行不下去的。

本来公司在国内风电领域的经营就不顺利，没有想到在美国又会遇到如此莫名其妙的事情，“福无双至，祸不单行”这句中国老话，看来确实是前人的精辟总结啊。

进入风电行业，可以说基本没有遇到过顺利的事情，技术的复杂就不用说了。由于我们从一开始就明确要打造一个完整的产业链，在技术积累完全为零的情况下，要在最短的时间把它干成，其实是一件非常复杂而庞大的工程。好在我是做导弹出身的，深谙系统工程的精髓，在没有任何技术基础的条件下，一切从零开始，还是把它搞成了。如果放在“航天”，我就是一个系统总指挥。可惜我们是企业，要的是直接效益，没有效益，活儿做得再漂亮，意义也不大。

现在看来，当初的决策的确有很大的问题，强调产业链建设，使战线过长，投资过大，经营不好的时候就会出现巨大的问题，现在的局面应该也是当时错误决策的后果。作为我个人，不仅是选择这个项目的首倡者，也是这种模式的主要推动者，应该说目前的被动局面，我难辞其咎，这是我应该反思的。但另一方面，我们的决策体系的确也存在很大的问题。这么大的项目，这么大的投资，该不该进入，用什么方式进入，我们并没有认真严肃地进行评估，主要原因是，我们根本就没有一个严谨的评估体系。这一点我一直希望给集团建言，但现在的局面下，恐怕我说什么也没有用，或者说什么都是自取其辱，那就等等看吧。

公司项目到今天的局面，我当然要负主要的责任，因为我是项目的发起者，也是项目模式建设的实际推动者，这一点我什么时候都不回避，也愿意为此承担责任。但更重要的是总结这里面的经验与教训，防止再犯类似的错误，这才是最重要的。适当的时候，我会把这里面的问题全部写出来，也算是对公司发展尽职尽责吧。

真的希望尽快找出事情的头绪，只有如此才能找出问题的解决办法，现在是盲人摸象，不着边际，只能是走一步算一步，非常被动。

亲爱的老公：

回首你在公司的十年，我间接地感受到中国民营企业做大做强的艰辛。我隐约有一种奇怪的感觉：似乎央企、国企才是“亲生子”，而民营企业好像是“养子”“继子”“私生子”，要看着人家的脸色小心翼翼行事。

你做风电这几年，我此种感觉尤为强烈。

最近，我在读张维迎教授的一本新书《什么改变中国》，对过往三十年中国道路有了更清晰的理解。

“2005年开始，国资委的工作重心转向了‘做强做大国有企业’，而不是改革国有企业；绝大部分地方政府官员也因担心背上‘国有资产流失’的罪名而停止了地方国有企业的改革。新的《劳动合同法》中限制合同自由的条款也正是在这种背景下写进去的。中国的经济改革基本上进入停滞期，民营企业成为宏观调整的整治对象，民营企业家群体不断被妖魔化。”

过往的二十多年，我始终在中国社会的大背景下理解我们的个人得失。你的雄心抱负越大，你越无从超越中国社会发展快慢交替的步伐。

风电事业屡屡遇挫，当然有你自身不可推卸的责任。但大的社会环境，如果没有良好到让一家民营企业以一种平等的姿态参与公平的角逐，恐怕你十八般武艺都用上，也舞不出新花样。别过分强求自己。

说点儿开心事儿。刚刚接到儿子上个学期的成绩单，老师毫不吝惜溢美之词，扫描下来，放在附件里了。高兴一下。英国教育的最大好处，就是老师们愿意看到孩子的优点，并尽力鼓励。而我们的教育是揪住孩子“缺点”的小尾巴不放。

亲爱的老婆：

今天到了纽约，明天与那个海军部前首席律师、克林顿在耶鲁的同学见面，但愿能有收获。

现在到处都在说有钱人移民，似乎有钱的都是私人老板，其实不然。那些在国外疯狂消费的恰恰大部分是钱来路不明的人，像我们这种每天如此辛苦地工作，尽管也获得了比普通老百姓多出很多的财富，有几个会去疯狂地消费？因为不光是他自己，他的家人也都知道他们的辛苦，有钱也只能理性消费，我相信你参加过一些旅行团，有这样的感受。

今天见了老谢，又谈到移民问题，十多年前在纽约时，他就跟我谈这个问题，十多年过去了，这个话题还在谈。不过这次真有点儿动心了，或许是因为年龄大了，也是为儿子考虑，总之是时间过了一个轮回，又开始老话题重谈，不能不算是时代的悲哀。

现在穷人没有安全感，富人也没有安全感。穷人没有安全感，就不敢消费，经济靠内需就拉动不起来，因为毕竟穷人才是绝大多数，这个绝大多数紧巴巴地过日子，何来内需？富人没有安全感，就考虑移民，因为他们有条件。穷人也好，富人也罢，没有安全感的根本原因是对未来感到不确定，不知道未来会怎样，这是最可怕的。

当然穷人和富人的不确定有不同的原因。穷人是因为对工作，对收入，对未来的社会保障感到不确定；而富人包括很多官员自身的不确定感则来自于对社会的长久稳定感到不确定，一部分人是因为看到社会贪腐太严重了。

现在的模式下，央企占有太多的资源，靠权力靠垄断，他们获得了超额的回报，但这种超额回报是以牺牲巨大的社会资源和效率为代价的，这种代价是由全民来承担的。

再往深里看，如果没有清明的政治，就不会有社会的公平正义；没有公平正义，就不会有确定或稳定的未来；没有稳定的未来，社会就无法和谐，有钱人就要跑路，官员就要贪腐捞钱，这就是社会的逻辑或者发展规律。而如果没有真正的民主与法制，没有科学的制度化建设，要靠人治来解决这些问题，几乎是不可能的。

说得有点儿远，好像杞人忧天了。其实这些东西与我们每一个人都息息相关，就算是移民了，如果你的祖国不强大，你移民到哪里也一样没有地位，受人歧视。

我观察美国社会，最大的优势就是确定性，因为对未来很确定，做什么事情就显得很从容。在美国，绝大部分企业的工资需要一周一发，至少是两周一发，再长就没有钱付账单了，但为什么人家不急不慢，该干什么干什么？因为对未来很确定。也因为这样，它才能吸引越来越多的人投奔这个国家，带着他们的财富和智慧。这才是美国发展的重要原动力。

算了，还是先想我现在的问题吧，明天约好见律师，看看有什么好建议，或许会给出一些有价值的想法，因为毕竟是在军队做过高官的律师。

儿子的消息让我高兴，但我们将来花费几百万培养出来的下一代，会为谁服务呢？如果留在美国，不就是穷国补贴富国吗？花这么大代价培养出来的人才，却不能为自己的国家或首选为自己的国家服务，这不也是值得深思的问题吗？

亲爱的老公:

儿子刚出国时，我几乎每一封信都在提醒他，他的黑头发黄皮肤，试图强调他是一个中国人的事实。可是，有一件事之后，我就再也没提过这个话题了。

记得他第一个假期回国，我陪他去杭州考雅思。我们从上海乘高铁去杭州，儿子望着车窗外迅速闪过的场景，不无感慨地对我说:“妈，你知道我最喜欢英国什么吗？是那连绵的草坪、茂密的树林。”接下来，他对我讲，短假期间在英国住家，男主人每天带着他们几个男生在茂密的树林里骑脚踏车的有趣经历。我还从来没有见过儿子那么丰富而美好的表情。

那一刻，车窗外是灰蒙蒙的天空下笼罩的大片厂房。没有村庄，更没有树林。如果儿子再小一点儿，我会毫不犹豫地告诉他，这个国家需要你们来建设得更美丽。可是彼时彼刻，话到嘴边我又咽回去了。因为我能想象，我话音未落，就会迎来儿子不屑的目光。他会毫不留情地说："少和我来这套大道理。"如果说我们这一代人还知道"家国情怀"为何种情感，下一代的词典里，或许根本找不到这个字眼儿了。他们要的是实实在在的好生活，其实这无可非议。

还记得我们在华盛顿公园的河边等你时，身边有几只野鸭悠闲地散步，儿子惊喜地去和它们追逐嬉戏，一个十七岁的大男生，还能体会如此美好的童趣，我当时心内一沉，我们北京城的孩子，哪敢奢望？

过去的大半年，我多半时间待在英国。当我每天早晚在摄政公园的林荫道上散步，回想一百多年前伦敦还是一个名副其实的雾都，而今，它的天空是如此纯净，浮云翻卷，我会无限地期待中国的这一百年快快成为过去。

闺密们对我们夫妻间有说不完的话充满好奇，我不好意思对她们说，我们两口子其实总是如此“忧国忧民”！在这个时代代杞人忧天、忧国忧民好像太不合时宜。不过我们的确是乐在其中啊。

移民之事再等等看吧。反正要我生活在纽约，我就不如生活在北京。实在不喜欢。一想到在那个国家必须以车代步，不开车寸步难行，我就不喜欢。这么多年了，我已经习惯了不开车的生活方式。

等儿子大学毕业了，是去是留，由他自己选择。

后　记

这本小册子的文字零零落落写于过去的二十年，写于迥然不同的环境和纷繁复杂的心境中。

我是一个幸运的女人，因为我在懵懂之年，一不小心嫁给了一个于家于国都有着深邃责任感的男人。他像是一本耐人寻味的大书，为我翻开了中国当下最激动人心的一段历史。我在他的个人奋斗史中，得以以一个女人的模样茁壮成长。

很多人都说，一个强大的男人背后总会有一个好女人。其实不严谨。应该这样表述：因为一个男人过于强大，所以女人自然而然将自己摆放在他的身后，那是一种满足和幸福。我以一种欣赏的姿态，来观察一个男人的生命样貌，并参与其中。

历史长河再激流勇进，科技之手再翻云覆雨，都未能颠覆唯一的社会组织细胞——家庭，可见其生命力的无比顽强。于己于家于国，我们都不可低估它的重要性。

一个女人经营好婚姻和家庭，便是对社会举足轻重的贡献，对此，我深信不疑，我也因此找到了作为女人的生命价值与意义。

2016.5.10于上海